MW01482727

*L*es Cinq
en croisière

Une nouvelle aventure des personnages créés par Enid Blyton,
racontée par Claude Voilier.

Mick

11 ans comme Claude.
C'est un casse-cou (un gourmand aussi !)
qui n'hésite jamais avant de se lancer
dans les plus périlleuses aventures…

Annie

10 ans
La plus jeune, un peu gaffeuse,
un peu froussarde !
Mais elle finit toujours par
participer aux enquêtes,
même quand il faut affronter
de dangereux malfaiteurs…

Dagobert

Sans lui, le Club des Cinq ne serait rien !
C'est un compagnon hors pair, qui peut monter
la garde et effrayer les bandits.
Mais surtout c'est le plus attachant des chiens…

Claude

11 ans.
Leur cousine. Avec son fidèle chien
Dagobert, elle est de toutes
les aventures.
En vrai garçon manqué,
elle est imbattable dans tous
les sports et elle ne pleure
jamais… ou presque !

François

12 ans
L'aîné des enfants,
le plus raisonnable aussi.
Grâce à son redoutable sens
de l'orientation, il peut explorer
n'importe quel souterrain sans jamais se perdre !

Les Cinq en croisière

Une nouvelle aventure des personnages créés par Enid Blyton racontée par Claude Voilier.

Illustrations
Frédéric Rébéna

Première escale

Penchés au-dessus de la lisse, Claude et ses cousins regardent les vagues bleues, crêtées d'écume blanche, que déchire l'étrave du paquebot. Ils se tiennent à la proue du *San Silvio* avec, à tribord, le grand large et, à bâbord, la côte méditerranéenne française qui défile lentement.

— C'est chouette, hein ? soupire béatement Mick.

— Je pense bien ! acquiesce François avec chaleur. Oncle Henri a été rudement chic de nous offrir cette croisière de Pâques !

Claude, elle aussi, a été folle de joie lorsque son père leur a proposé ce voyage en mer. Elle se réjouit des escales prévues en

Italie et en Grèce, mais regrette cependant que ses parents ne puissent partir avec eux : ils ont dû rester à Kernach, où d'importants travaux retiennent M. Dorsel.

— Mais ça ne fait rien, mes enfants, a déclaré la mère de Claude. Vous ne voyagerez pas seuls ! Sylvie vous accompagnera !

Sylvie Gerbay est une amie de la famille. Âgée de vingt-cinq ans à peine, elle est professeur d'anglais. Elle a l'habitude des croisières et se montre ravie de convoyer les Cinq.

Car Dag, lui aussi, est du voyage !

Claude, du reste, n'aurait jamais consenti à s'embarquer sans lui. C'est une chance que le *San Silvio* accepte les animaux à son bord.

— Notre première escale est Gênes, n'est-ce pas ? demande Annie de sa voix douce.

— Oui, répond Claude. Et Sylvie a promis de nous faire visiter...

Elle s'interrompt. Sylvie elle-même vient de surgir et, agitant joyeusement les bras, crie dans leur direction :

— À table ! C'est l'heure du déjeuner !

— Ouah ! approuve – bon premier – Dagobert.

— Tu as de la chance d'être un chien bien élevé, lui fait remarquer Annie. Sans quoi, la salle à manger te serait interdite !

Le petit groupe gagne la longue coursive aboutissant au « grill-room » et prend place à la table qui lui est réservée. Sagement, Dago s'assoit près de Claude. Soudain, deux passagers entrent dans la pièce ; un homme grand et gros, très brun, rasé de près, aux traits mous et empâtés, accompagné d'un jeune garçon, brun lui aussi, qui doit avoir à peu près l'âge de Mick et de Claude : onze ans.

— C'est amusant ! chuchote Mick à l'oreille de sa cousine. Il nous ressemble un peu !

À Marseille, au moment de l'embarquement, Claude a déjà remarqué ce couple qui lui a paru étrange : l'homme, sous une apparence de bonhomie, dissimule quelque chose de volontaire et de brutal. Le garçon, en revanche, paraît doux et effacé.

— On dirait un minuscule youyou à la remorque d'un énorme cuirassé…, chuchote-t-elle en retour à Mick.

François et Annie, qui ont entendu, lèvent les yeux. Mais déjà l'homme et l'enfant s'installent à une table de deux couverts, un peu à l'écart des autres.

— Sans doute ne veulent-ils frayer avec personne ! murmure François.

— De qui parlez-vous ? demande Sylvie Gerbay en attaquant les hors-d'œuvre.

9

— De ces deux passagers…, explique Claude en les désignant d'un geste discret.

— Oh ! Ces deux-là ?… J'ignore leur nom, mais il s'agit de l'oncle et du neveu.

— Comment le savez-vous, Sylvie ? questionne Annie.

— Eh bien, ils étaient déjà avec nous dans l'avion Paris-Marseille. J'ai entendu l'homme parler à l'hôtesse de l'air. Puis il a posé une question au garçon qui a répondu : « Oui, mon oncle ! »

— Ils parlaient français ? s'exclame François. On dirait pourtant des étrangers !

— Peut-être sont-ils étrangers, en effet, mais parlaient-ils français parce que l'hôtesse était française ?…

— Ils savent donc notre langue, murmure Claude d'un air satisfait. C'est une information à retenir.

Mick se met à rire.

— Tu t'intéresses à ces gens ? Flairerais-tu un mystère, par hasard ? Ça ne m'étonnerait pas ! Tu as le chic pour les dénicher.

— Non, monsieur ! riposte Claude, vexée du ton ironique de son cousin. Je ne flaire aucun mystère. Mais je trouve ces deux personnages bizarres dans leur comportement… et je prends plaisir à les observer.

10

— Ah, ah ! Mlle Dorsel étudiant le genre humain ! chantonne Mick, taquin.

Claude lui décoche un coup de pied sous la table. Dag, qui se trouve sur le trajet, pousse un « Ouah ! » de douloureux reproche. François et Annie éclatent de rire. Sylvie les gronde un peu. Un serveur s'approche avec le plat de résistance. Le couple « oncle-neveu » est oublié !

Après le déjeuner, Sylvie passe au salon où l'on donne un concert. Les quatre cousins, désireux de rester au grand air, montent sur le pont-promenade pour jouer au ping-pong. Dag se couche sous la table et commence à ronfler sans vergogne.

La partie bat son plein quand une porte s'ouvre tout près des Cinq, livrant passage à l'homme brun et à son neveu. Surprise, Annie manque une balle, qui rebondit sur le pont et manque de s'envoler par-dessus bord. Mais déjà le jeune garçon s'est élancé… Il cueille la balle fugitive et, avec un timide sourire, la rend à Annie.

— Merci !… murmure la fillette.

Elle va ajouter quelques mots aimables mais n'en a pas le temps. L'homme empoigne son neveu par l'épaule, le fait vivement pivoter sur lui-même et, sans un regard aux enfants, l'entraîne loin du petit groupe. En même temps, il semble lui adresser de vifs reproches en une langue aux consonances rudes.

— Eh bien ! Il est aimable, le tonton ! commente Mick, goguenard.

— Quelle langue parle-t-il, François ? Le sais-tu ? demande Claude, curieuse.

— C'est peut-être du grec... ou du turc !

— Je savais bien qu'ils n'étaient pas français !

— Je regrette d'avoir fait gronder ce garçon ! soupire Annie qui a l'âme sensible.

De loin, les enfants voient le gros homme déplier deux chaises de pont et, les ayant tirées à l'écart, s'installer dessus en compagnie de son neveu.

— Le pauvre ! murmure François. Il n'a pas l'air de s'amuser !

— Sûr ! réplique Mick. Il ne respire pas la joie de vivre... Tout le contraire de nous, en somme !

— Nous pourrions l'inviter à se joindre à nous ? suggère Annie.

— Surtout pas ! jette Claude. Le « tonton » t'enverrait promener. Il ne tient pas à voir son neveu nous fréquenter, c'est visible.

— Ah, bon !... mais je me demande bien pourquoi.

Claude aussi se le demande. Au fond, Mick a raison de la traiter de « dénicheuse de mystères ». Certes, elle a une imagination débordante qui, trop souvent, la porte à dramatiser les situations. Mais elle ne peut, malgré tout, s'empêcher de trouver suspectes les façons de faire du gros homme. Et elle est bien décidée à le surveiller sans en avoir l'air…

— J'ai l'impression qu'il étouffe son neveu. Ce doit être une sorte de « bourreau d'enfants »… coupable de cruauté mentale. À nous deux, mon bonhomme !

Là-dessus, Claude se remet à jouer au ping-pong !

Le lendemain, au réveil, Claude et Annie découvrent que le *San Silvio* a stoppé ses machines. À travers leur hublot, elles aperçoivent les quais d'un grand port. Les garçons et Sylvie viennent tambouriner à la porte de leur cabine.

— Levez-vous, paresseuses ! Rendez-vous dans la salle à manger. Sitôt après le petit déjeuner, nous visitons Gênes !

chapitre 2

Cabine 236

Le repas matinal est vite expédié. Puis les Cinq, escortés du jeune professeur d'anglais, descendent la passerelle. Sylvie, qui connaît la ville, fait signe à un taxi et expose au chauffeur, plan en main, le programme de la visite projetée... On se met en route. Pour commencer, la jeune fille fait admirer aux enfants ce que l'on prétend avoir été la maison de Christophe Colomb. Puis c'est une agréable flânerie à travers de pittoresques ruelles et le long de parcs fleuris.

— Sylvie, dit François, vous êtes épatante. Grâce à vous, en un minimum de temps, nous voyons le maximum de choses.

15

— Mieux qu'un guide officiel ! renchérit Mick.

— Trêve de compliments ! coupe Sylvie en riant. Maintenant, nous allons visiter le plus vaste et le plus extraordinaire des cimetières : le fameux Campo Santo de Gênes, où vous verrez des monuments admirables et des arbres centenaires.

La majesté des immenses jardins, jalonnés de tombes, qui couvrent plusieurs collines, fait le plus vif effet sur les jeunes voyageurs. Dago lui-même semble impressionné et trotte en silence au bout de sa laisse.

Soudain, il émet un bref jappement. Au détour d'une allée, tout près de la sortie, un homme corpulent vient d'apparaître, suivi d'un enfant brun. Les quatre cousins les reconnaissent aussitôt : ce sont les énigmatiques passagers du *San Silvio*. Jamais le jeune garçon n'a eu l'air aussi accablé.

Pour le coup, oubliant sa timidité naturelle, Annie fait un pas en avant.

— Bonjour ! dit-elle gentiment. Ces jardins sont un peu tristes, n'est-ce pas ? Mais les fleurs et les arbres bien beaux !…

Le jeune garçon prend un air apeuré, paraît hésiter à répondre, puis lève craintivement les yeux sur son oncle.

16

— Très beaux, en effet ! répond celui-ci sans même regarder Annie.

Puis il pousse son neveu devant lui et s'éloigne en le grondant en un langage rude, comme il l'a fait la veille.

— Quel ours ? s'exclame Mick.

— Chut ! fait Sylvie. Il pourrait t'entendre.

— Et puis après ? Je m'en moque bien !

Mick et Claude sont outrés. Annie, elle, trop sensible, sent les larmes lui monter aux yeux.

— Venez ! dit François. J'offre une glace à tout le monde !

Ils retrouvent leur taxi qui les ramène au port. La promenade – en dépit de la glace dégustée dans un pittoresque petit café – se termine moins gaiement qu'elle n'a commencé.

Les Cinq ne revoient pas le garçon brun jusqu'au repas du soir. Comme les autres fois, l'oncle et le neveu mangent à l'écart, à leur table personnelle.

Annie, qui leur tourne à moitié le dos, leur jette souvent un coup d'œil par-dessus son épaule.

— Reste donc tranquille, Annie ! dit François à sa petite sœur. Tu vas te faire remarquer.

Annie rougit et pique du nez dans son assiette.

— Il me fait pitié ! bredouille-t-elle.

— Qui ? Ce gros homme à la peau huileuse ? lance Claude, taquine.

— Bien sûr que non ! Son neveu ! Il paraît tellement malheureux…

Mick coule un regard en direction des deux étrangers.

— Ça, c'est vrai ! murmure-t-il. Ce garçon nous envoie de véritables appels de détresse avec ses yeux.

— Des yeux qui crient au secours ! renchérit Claude, lugubre.

Pour le coup, Sylvie éclate de rire.

— Eh bien, mes enfants ! Vous en avez, une imagination ! Heureusement que ce pauvre homme est trop loin pour vous entendre. Je vous accorde que son physique ne le rend guère sympathique, mais de là à faire de lui un bourreau d'enfants et de son neveu une malheureuse victime, il y a de la marge !

François sourit en se versant un verre d'orangeade.

— Bah ! fait-il. Vous connaissez Claude et Mick, Sylvie ! Toujours prêts à dramatiser les choses !

— Tout de même ! proteste Annie qui est pourtant, en général, de l'avis de son grand frère. Tout de même ! Cet affreux bonhomme

18

empêche son neveu de jouer avec nous et il le gronde à tout propos.

— Ça, nous n'en savons rien ! déclare François… Et pour la bonne raison que nous ne comprenons pas ce qu'il dit !

— Nous ne connaissons même pas le nom de ces gens, fait remarquer Mick.

— Il n'y a qu'à demander au maître d'hôtel ! s'écrie Claude toujours prête à l'action.

Déjà, elle fait mine de se lever, quand Sylvie l'arrête d'un geste impératif.

— Non ! dit fermement la jeune fille. Je déteste l'indiscrétion… et cela serait indiscret.

Claude se rassoit, mécontente. Mais, comme on sert le dessert, elle oublie bien vite sa déconvenue pour se régaler du gâteau du chef…

Avant de se coucher, les enfants décident une partie de cache-cache. La plupart des passagers dansent au salon, lisent dans la bibliothèque ou prennent l'air sur le pont. Le labyrinthe des coursives désertes est un lieu idéal de poursuite (de l'avis des Cinq, du moins)…

Et la partie commence… À un certain moment, pour échapper à François qui les cherche, Mick et Claude, galopant de compagnie, ont juste le temps de tourner le coin

19

d'un couloir et de s'engouffrer avec Dag dans un placard à balais… Le grand garçon passe sans les voir et disparaît au tournant suivant.

Riant tout bas, les deux cousins s'apprêtent à sortir de leur cachette quand ils aperçoivent un passager qui s'avance dans leur direction : le gros homme brun !… Par l'entrebâillement de la porte du placard, ils le voient se diriger vers une cabine proche et y entrer. Bientôt, un bruit de voix s'élève à l'intérieur.

— Vite ! chuchote Claude à Mick.

Et, sans vergogne, elle s'approche de la cabine. Malheureusement pour elle, oncle et neveu s'expriment dans une langue inintelligible pour elle.

— Nous savons du moins le numéro de leur cabine ! lui souffle Mick pour la consoler. Le 236 !

Là-dessus, comme François revient sur ses pas, les deux cousins et Dag s'enfuient pour tenter, une fois de plus, de lui échapper…

Cette nuit-là, Claude dort mal. Elle rêve qu'elle parcourt un interminable couloir, à la recherche d'elle ne sait quoi, entre des portes qui portent toutes le numéro 236, et poursuivie par un fantôme invisible et terrifiant.

Quand elle émerge enfin de son cauche-mar, la nuit est paisible. Le souffle régulier d'Annie s'élève de la couchette inférieure. Par le hublot, l'œil curieux de la lune ins-pecte la cabine des deux cousines. Claude sourit.

« Suis-je sotte ! pense-t-elle. Faire des rêves pareils ! »

Elle comprend mal… Comment le simple fait de croiser sur sa route un homme et un enfant peut-il la troubler autant ? Il y a, dans cette croisière, tant d'autres centres d'inté-rêt pour sa nature passionnée et vive ! La mer, les pays à visiter, le bateau lui-même et ses jeux de pont et d'intérieur.

« Si je n'y prends garde, conclut-elle, cela va tourner à l'obsession. Je n'ai aucune rai-son de me soucier de ces deux-là !… »

Mais son intuition lui souffle le contraire. Elle a du mal à se rendormir. Elle serait bien étonnée d'apprendre que, presque à la même heure, ses cousins font des rêves tournant autour des mêmes personnages… Annie se voit, marchant dans un beau jar-din fleuri, main dans la main avec le garçon brun à l'air triste.

Mick, lui, poursuit le gros homme dans les rues de Gênes. Et François, débonnaire, offre

21

sa part de dessert à l'oncle et au neveu… Seule Sylvie Gerbay, pas encore endormie, pense à l'escale suivante… Le lendemain, le *San Silvio* touchera à Fiumicino et, de là, par autocar, on ira visiter Rome, la Ville éternelle !

Fiumicino, aux yeux des enfants, paraît sans intérêt, comparé à Gênes. Seul Dag a l'air d'apprécier les odeurs qui flottent dans l'air. Une fois à terre, il manifeste même un si vigoureux enthousiasme pour un rat surgi de sous une pile de sacs, qu'il crée à lui seul un véritable petit scandale.

Il faut dire que ce rat semble survenir juste à point pour le défier. Il sort d'abord la tête et, moustaches frémissantes, hume l'air du côté de Dag. Celui-ci l'aperçoit, ouvre des yeux ronds et lance un formidable :

— Ouah !

— Hé ! Que t'arrive-t-il ? demande Claude qui s'apprêtait à monter dans un car avec Sylvie et ses cousins.

— Ouah ! répond Dag plus fort.

Mais, sans paraître redouter le chien, le rat émerge tout entier de la pile des sacs et, comme par moquerie, se gratte le flanc avec sa patte.

Dag prend cela pour une insulte et, lançant un troisième aboiement, charge la bestiole qui le nargue. Le rat émet un petit cri aigu, plein de dérision. Par la suite, Mick affirme qu'il l'a vu cligner un œil brillant de malice. Puis le rongeur fait vivement demi-tour et disparaît sous les sacs. Dag, qui arrive ventre à terre, plonge à son tour… Derrière lui, Claude s'époumone :

— Dag ! Dago ! Ici… Reviens !

Mais Dagobert ne l'entend pas. Et pour une bonne raison… Sa tête s'est enfoncée dans l'ouverture d'un sac et ne peut pas en ressortir. Affolé, le chien oublie son ennemi pour ne plus songer qu'à se libérer. Il recule en secouant la tête.

— Attends ! crie Claude qui accourt à la rescousse.

Mais Dag continue à ne rien entendre. De plus en plus affolé, il bondit sur le quai, renversant un panier de pommes dont le contenu roule jusqu'au bord de l'eau. Puis il se met à tourner en rond à reculons, grognant et gémissant de la façon la plus comique.

Des touristes, des pêcheurs, des badauds, des enfants ont tôt fait de former cercle autour de lui. Les uns crient, les autres rient, tous s'agitent, redoublant la panique du pauvre chien. Claude court après lui, mais sans parvenir à le coincer. Le vacarme est invraisemblable.

Enfin, un marin a une idée. Il va chercher un filet de pêche qui sèche près de là et en coiffe au vol le chien qui se cabre comme un cheval de cirque. Quand Claude réussit à le récupérer, elle comprend pourquoi Dago s'est trouvé dans l'impossibilité de se libérer seul du maudit sac : croyant attraper le rat, il a mordu les fils de jute dont quelques-uns se sont coincés entre ses crocs.

Dag, tout penaud, émerge au grand jour. Sa mine ahurie fait redoubler les éclats de rire de l'assistance. Très vexée, Claude empoigne son favori et bondit avec lui dans le car dont le chauffeur commence à s'impatienter. Le véhicule démarre.

— Je crains, dit Sylvie un peu contrariée, que, si Dag ne se tient pas plus convenablement pendant la visite de Rome, nous n'ayons là-bas de sérieux ennuis !

Le chien paraît comprendre. Il fourre son museau dans la main de la jeune fille et la regarde d'un air contrit.

— C'est bon ! reprend-elle en souriant. Tu nous suivras donc si tu es sage… sauf, bien entendu, au Vatican ! Il te faudra nous attendre dans le car !

chapitre 3

Une attitude louche

Une partie des passagers du *San Silvio* a pris place dans le car. Mais d'autres ont préféré fréter un taxi. Les enfants ignorent si « l'oncle et le neveu » sont ou non restés à bord. En tout cas, ils ne sont pas avec eux. Chassant les deux personnages de leurs pensées, Claude et ses cousins ne songent plus qu'à bien profiter de leur journée.

La visite de la ville s'achève… Les Cinq et Sylvie ont tout vu… Les jardins du Pincio, le château Saint-Ange, Saint-Pierre, le Colisée, les thermes, le Forum, la voie Appia Antiqua et même les catacombes… Tous sont assez fatigués.

— Avant de retourner au port, dit Mick, j'aimerais bien repasser par le Forum pour prendre encore quelques photos.

Abandonnant le car, le petit groupe hèle un taxi… Le soleil encore haut éclaire bien les ruines. Sylvie s'assoit en attendant les enfants. Mick, désireux de photographier la colonne de Trajan, se met à la cadrer avec soin. Au même instant, une silhouette menue surgit de derrière une stèle.

— Le garçon brun ! chuchote Annie qui le voit la première.

Claude se retourne vers le jeune étranger.

— Tu es donc descendu à terre ? demande-t-elle tout de go.

— Et tout seul ? ajoute Mick, surpris.

L'enfant brun jette un regard derrière lui et répond vivement, en bon français, mais avec un accent marqué :

— Non, je ne suis pas seul… Mon oncle, M. Assendi, est là derrière, en train de photographier !

— Comment t'appelles-tu ? demande Mick en s'approchant.

— Smaïlo ! Je… Oh ! Le voilà ! Chut ! Il ne faut pas qu'il sache que je vous ai parlé !

Il s'éclipse comme une ombre et les enfants semblent très occupés avec l'appareil de Mick quand M. Assendi – puisque tel est son nom – apparaît à son tour.

26

À leur vue, le gros homme s'arrête net. Son regard soupçonneux fouille les ruines alentour. En apercevant son neveu assez loin de là, il paraît soulagé et, à grandes enjambées, s'éloigne pour le rejoindre.

— Alors ! chuchote Claude. Vous avez compris ? Tu ne m'accuseras plus d'avoir trop d'imagination, François ! Ce pauvre gosse a une frousse bleue de son oncle qui semble plutôt être son geôlier !

— D'abord, réplique François, Smaïlo n'est pas un gosse. Il doit bien avoir onze ou douze ans. Ensuite… eh bien, hum !… Tu as raison… Il y a du louche dans l'attitude de ces deux-là !

— Sûr que ce n'est pas normal ! renchérit Mick. Notre oncle Henri est sévère, mais ni Annie, ni toi, ni moi, nous ne prenons des airs de chiens battus en sa présence.

— Et jamais papa ne vous parlerait aussi rudement que ce M. Assendi parle à Smaïlo.

— Smaïlo ! répète Annie, rêveuse. C'est un joli nom, vous ne trouvez pas ? Cela sonne…

— Comme un nom turc, dit François. D'ailleurs, Assendi semble être turc aussi.

— Peu importe le nom ! coupe Claude… Avez-vous remarqué l'air terrifié de Smaïlo ? Je suis persuadée qu'il redoute un danger quelconque…

— Un danger venant de son oncle, bien sûr ! précise Mick.

— Il a sans doute besoin d'aide ! soupire Annie toujours prompte à s'émouvoir. Si nous pouvions lui être utiles…

— En tout cas, il y a un mystère sous tout cela ! conclut Claude, triomphante. Pas vrai, Dago ?

— Ouah ! fait Dag, très fier qu'on lui demande son avis.

Tout en discutant, le petit groupe a rejoint Sylvie qui se lève en consultant sa montre. Il est l'heure de retourner à bord…

Chemin faisant, les quatre cousins mettent la jeune fille au courant de leur brève conversation avec Smaïlo et de ce qu'ils en ont déduit. Sylvie, loin de paraître impressionnée, se met à rire :

— Vous voyez du mystère partout ! Ce n'est pas pour vous le reprocher puisque cela vous amuse… mais je crois que vous vous montez la tête. Smaïlo a l'air d'un petit garçon riche qui s'ennuie… un point, c'est tout !

La belle assurance de Sylvie n'a pas convaincu les quatre cousins. De retour à bord du *San Silvio*, ils montent sur le pont supérieur, empourpré des feux du couchant, pour y tenir conseil.

— Je veux en avoir le cœur net, dit Claude, et découvrir si Smaïlo a, oui ou non, un secret !

— D'accord ! acquiesce Mick. Mais comment faire pour le savoir ?

— Allons le lui demander ! propose Annie de sa voix douce.

Claude, Mick et François se regardent, surpris. Puis leurs yeux se mettent à pétiller.

— Tiens, tiens ! dit François. Le conseil de la petite sœur pourrait être bon. Fonçons droit au but et attaquons !

chapitre 4

Prudence et discrétion

À la réflexion, cependant, les jeunes détectives décident d'agir avec prudence et discrétion.

— Ce que nous désirons, dit Claude, c'est avoir une longue conversation avec Smaïlo. Or, cela, c'est impossible de jour, à cause de la présence de son oncle. Reste la nuit…

— Mais tous deux partagent la même cabine ! fait remarquer Mick. La 236.

— D'accord ! Mais M. Assendi doit veiller plus tard que Smaïlo. Guettons-le ! S'il ressort pour aller boire un verre au bar ou allumer un cigare sur le pont… alors, nous agirons !

— Entendu, dit François. Ce soir, après dîner, nous le surveillerons…

31

Pendant le repas du soir, les quatre cousins ignorent délibérément M. Assendi et Smaïlo. Mais, dès que ceux-ci ont quitté la salle à manger, ils s'attachent de loin à leurs pas, jusqu'au moment où tous deux disparaissent dans leur cabine.

— Et maintenant, décrète Mick, il n'y a plus qu'à attendre.

Le plan des jeunes détectives est simple. Comme ils ne peuvent rester groupés devant la 236, à attendre que M. Assendi en ressorte, ils ont décidé que chacun d'eux, à tour de rôle, arpentera toute la longueur de la coursive. Arrivé au bout, il tournera pour revenir, après avoir longé la coursive du bord opposé. Ce circuit à quatre – cette ronde, au double sens du mot – permettra qu'il y ait toujours l'un des cousins à proximité de la cabine 236 ; et cela sans éveiller de soupçon car le « guetteur » circulera de la manière la plus normale du monde…

François est « de garde », c'est-à-dire qu'il s'engage dans la coursive à surveiller au moment même où Claude disparaît à l'autre bout, quand il voit la porte 236 s'ouvrir et M. Assendi sortir – seul ! – de la cabine.

François n'est même pas vu du gros homme qui, lui tournant le dos, s'éloigne aussitôt.

Le grand garçon, tout heureux, s'immobilise et attend que Mick le rejoigne…

— Alors ? demande Mick en apercevant son frère. Ça y est ?

— Oui ! Il vient juste de partir !

Les deux garçons sont bientôt rejoints par Annie, puis, en dernier, par Claude escortée de Dag. En voyant ses cousins devant la porte 236, Claude a une exclamation de joie :

— Chic ! La place est donc libre !

— Oui. Smaïlo est seul dans la cabine !

Déjà, Claude gratte à la porte. Une voix jeune, un peu craintive, s'élève de l'autre côté du battant :

— Qui est là ?

— C'est nous ! dit Mick… Tes nouveaux amis, à qui tu as parlé cet après-midi.

— Ouah ! fait Dag comme pour confirmer la chose.

— Oh !… Vous !

La voix se rapproche. Il n'y a plus que l'épaisseur de la porte entre Smaïlo et ses visiteurs.

— Écoute ! dit François. Il faut à tout prix que nous te parlions… Ouvre vite !

— Impossible ! soupire Smaïlo de l'autre côté. Mon oncle m'a enfermé à clé… comme il le fait chaque soir…

Claude s'assure, d'un coup d'œil rapide, que la coursive est toujours déserte.

— Tant pis ! dit-elle vivement. C'est embêtant, mais cela ne nous empêchera pas de parler. Nous devinons que tu as des ennuis… Confie-les-nous en quelques mots. Nous ferons de notre mieux pour t'aider…

Ce n'est pas facile de converser ainsi, à travers la porte. Il faut ne pas trop élever la voix et, néanmoins, se faire entendre de l'interlocuteur. Comme Smaïlo ne répond pas tout de suite, Mick le presse :

— Fais vite ! Ton oncle pourrait revenir…

— Oui… Je… j'ai peur de lui… S'il nous surprenait…

— Plus tu tardes à parler, fait remarquer Claude, plus nous perdons de temps et courons le risque d'être pincés.

— Écoutez ! lance alors Smaïlo. J'ai une idée. Ne restez pas là ! Passez sur le pont. Cette cabine a un hublot qui donne dessus. Je l'ouvrirai et nous parlerons à voix basse. Et si mon oncle revient, je l'entendrai et refermerai le hublot.

— Compris ! dit François. À tout de suite !

Les quatre cousins n'ont aucun mal à repérer la cabine de Smaïlo dont la figure pâle se devine à travers le hublot. Les enfants, feignant de se promener tout en devisant entre eux, s'arrêtent auprès de la petite fenêtre ronde, comme pour poursuivre là leur conversation. Smaïlo entrebâille son hublot.

— M'entendez-vous ? demande-t-il à voix basse.

— Parfaitement bien, répond Claude qui, tournée vers ses cousins, semble s'adresser à eux.

— Que voulez-vous savoir ?

— Pourquoi tu as peur de ton oncle... et tout le reste ! réplique Mick. Allez ! Vas-y ! Nous t'écoutons !

— Vous savez déjà que je m'appelle Smaïlo Assendi. Mon oncle est le demi-frère de mon père. Celui-ci était turc, ma mère française, comme vous. Maman est morte alors que je n'étais encore qu'un bébé.

— Pauvre Smaïlo ! soupire Annie.

— Avant de mourir, elle a exprimé le désir que je sois élevé en France. C'est donc dans votre pays, à Paris, que je suis allé à l'école. Je ne revenais à Istanbul qu'aux vacances, pour retrouver mon père. Hélas ! Il est mort à son tour. Ma famille turque me réclame, et... et mon oncle est venu me chercher...

Le jeune garçon fait une pause. François, Mick, Annie et Claude n'osent souffler mot ; ils devinent que le garçon a d'autres révélations à leur faire… Au même instant, un groupe bruyant passe à proximité. Les enfants se mettent à rire et à parler entre eux. Personne ne leur prête la moindre attention. Quand l'alerte est passée, la voix de Smaïlo s'élève de nouveau :

— J'ai peur de mon oncle…

— Tu nous l'as déjà dit, coupe Claude avec impatience. Dis-nous plutôt pourquoi.

— Eh bien… je ne l'ai jamais beaucoup aimé. C'est un homme dur et cupide. Or, mon père était riche. Il m'a laissé une immense fortune… une fortune dont je dois hériter à ma majorité…

— Quel âge as-tu au juste ? demande Mick.

— Onze ans et demi. Et mon oncle est devenu mon tuteur.

— Hum ! Je comprends ! dit François.

Claude, qui aime parler net, met les choses au point en quelques mots :

— En somme, dit-elle, tu es le seul obstacle entre ton oncle et cette fortune. C'est cela qui te tracasse, pas vrai ?

— Oui ! avoue Smaïlo dans un souffle. Si je venais à disparaître, mon tuteur serait riche !

Annie frissonne dans l'ombre. Au même instant, un pas pesant retentit sur le pont.

36

Dag grogne d'instinct. L'intrus se rapproche. Mick reconnaît la massive silhouette.

— Vite ! souffle-t-il à Smaïlo. Referme le hublot.

Quand M. Assendi arrive à la hauteur des enfants, ceux-ci paraissent ne pas le voir.

— Assez contemplé les étoiles pour ce soir ! dit François à haute voix. Venez ! Il est temps d'aller nous coucher !

Les Cinq prennent le chemin de leur cabine tandis que le gros Turc achève de fumer son cigare sur le pont. Une fois réunis dans la cabine des garçons, les quatre cousins discutent de la situation. Tous sont plutôt horrifiés. M. Assendi ira-t-il jusqu'à supprimer son neveu pour s'approprier la fortune de son frère ?

— C'est affreux ! murmure Annie, toute tremblante. Et que faire pour aider Smaïlo ?

François réfléchit…

— Je ne crois pas, dit-il enfin, que M. Assendi aille jusqu'à faire disparaître son neveu. Mais il peut fort bien le séquestrer jusqu'à sa majorité, par exemple, et l'obliger alors à signer une renonciation à l'héritage, en le menaçant.

— C'est déjà presque de la séquestration, fait remarquer Mick. Il l'empêche de jouer avec des enfants de son âge et lui défend de parler à quiconque !

— Quand je vous le disais, grommelle Claude, que Smaïlo était en danger !

— Ce qu'il faut avant tout, décide François, c'est mettre Sylvie au courant.

— Tu as raison ! Allons la retrouver…

La jeune fille vient tout juste de regagner sa cabine. Les quatre cousins lui font un récit pathétique des confidences de Smaïlo Assendi. Or, contrairement à leur attente, Sylvie ne les prend pas au sérieux.

— Vous voilà hérissés comme des coqs de combat ! dit-elle en souriant. Il semble que Smaïlo ait autant d'imagination que vous. Il aura bâti tout un roman pour se rendre intéressant. Après tout, c'est une distraction comme une autre !

Claude jette les hauts cris :

— Sylvie ! Vous ne pensez pas ce que vous dites ! Smaïlo est en danger, je vous assure !

— Allons, calme-toi, Claudinette ! Disons que votre ami a simplement un oncle sévère qui ne lui permet pas de jouer avec des enfants de son âge !

Claude déborde d'indignation. D'abord, elle a horreur qu'on l'appelle Claudinette… un diminutif ridicule à son avis. Ensuite, elle en veut à Sylvie de ne pas accorder de crédit à l'histoire de Smaïlo. Elle jette donc un « Bonsoir, Sylvie ! » assez sec, et entraîne ses cousins hors de la cabine du jeune professeur.

— Vous voyez ! leur dit-elle dès qu'ils se retrouvent dans la coursive. Il était bien inutile de mettre Sylvie au courant ! Elle croit que nous exagérons !

— Nous devrons donc nous débrouiller tout seuls pour veiller sur Smaïlo et empêcher son oncle de lui faire du mal… si l'envie lui en prenait au cours de cette croisière ! déclare Mick.

— Et d'ici à Istanbul, ce n'est pas l'occasion qui lui manquera ! soupire François.

— Ce qu'il faudrait, suggère Annie, c'est dénicher une preuve de ses mauvaises intentions. Alors, on mettrait Smaïlo sous la protection de la police.

— Si tu crois que c'est facile ! grommelle Claude. Et si M. Assendi séquestre son neveu à leur arrivée à Istanbul, nous ne le saurons même pas. Et nous ne serons plus là pour protéger Smaïlo !

— Que faire, alors ?

— Rien… sinon veiller au grain.

— Ouah ! fait Dag.

L'odeur de M. Assendi lui déplaît, et, dès qu'il entend prononcer son nom, il aboie.

39

Claude se met à rire. Dag a réussi à détendre l'atmosphère. Là-dessus, tout le monde va se coucher...

chapitre 5

Enfin seul !

Le lendemain matin, les enfants ont beau circuler sur le bateau, ils ne voient pas Smaïlo. À midi, cependant, il paraît dans la salle à manger, sur les talons de son oncle.

— Attendez ! dit Mick. Je vais lui signaler que nous nous occupons de lui !

Il se débrouille pour passer tout près du jeune garçon, à un moment où M. Assendi parle au maître d'hôtel.

— Courage, mon vieux ! lui souffle-t-il. Aie confiance ! Nous allons t'aider !

Smaïlo ne répond rien mais Mick comprend, à un battement de cils, qu'il a parfaitement entendu. Les paroles d'espoir qui viennent d'être prononcées aideront le jeune Assendi à supporter l'épreuve.

Cependant, l'escale à Naples se prépare. Dès treize heures trente, tous les passagers désireux de visiter la ville doivent descendre à terre pour rejoindre des minicars de tourisme qui les attendent sur le quai.

Il fait un temps splendide. Le soleil tape dur. La célèbre baie miroite comme un saphir d'un bleu intense.

— Vite ! crie Sylvie aux enfants. Pressez-vous ! Le dernier car va partir. Il ne manque plus que nous !

Les Cinq s'arrachent à la contemplation du paysage pour dégringoler la passerelle derrière Sylvie.

Une fameuse surprise les attend dans le car… Smaïlo est là, sagement assis près d'une fenêtre… en solitaire !

— Ça, alors ! murmure François, stupéfait.

— Tu es seul ? demande Annie qui, elle non plus, n'en revient pas.

Claude impose silence à ses cousins.

— Regardez ! souffle-t-elle en prenant place derrière Smaïlo. M. Assendi surveille le départ !

François, Mick et Annie coulent un regard discret du côté du *San Silvio*. Appuyé à la lisse, juste à côté de la passerelle, M. Assendi

42

est bien là. Il lève sa grosse main, chargée de bagues d'un goût douteux, et fait un signe amical en direction du car.

Smaïlo se penche un peu par la fenêtre ouverte et agite la main à son tour.

— Ben, vrai ! laisse échapper Mick, absolument sidéré.

Aucun des quatre cousins n'arrive à s'expliquer ce changement d'attitude. Comment M. Assendi, qui, jusqu'ici, s'est montré dur envers Smaïlo et l'isole jalousement du reste des passagers, l'autorise-t-il ce jour-là à partir seul en excursion ? Qui plus est, les Cinq, pour la première fois, le voyaient sourire aimablement à son neveu.

— Renversant ! mâchonne Claude entre ses dents.

Sylvie, devinant ses pensées, se met à rire.

— Tu vois bien, murmure-t-elle, que vous vous faisiez tous des idées ! Cet homme ne doit pas être méchant... seulement un peu fantasque !

Claude n'est pas convaincue pour autant. Elle a remarqué que Smaïlo n'a pas répondu aux questions de François et d'Annie. Il feint même d'ignorer ses nouveaux amis.

Le car démarre, file le long du quai, franchit les grilles du port. Bientôt, le *San Silvio*

est hors de vue. Seulement alors, Smaïlo sourit à Annie, sa voisine, et se retourne pour saluer les autres.

— Si tu nous expliquais…, propose Claude, impatiente de savoir.

— Oh ! dit Smaïlo. Je n'y comprends rien moi-même. Pour la première fois depuis que nous avons quitté Paris, mon oncle me laisse un peu de liberté. Il m'a permis de descendre à terre sans lui.

— Il doit bien avoir une raison ! s'exclame Mick.

Smaïlo sourit.

— Bien sûr ! dit-il. Mon oncle m'a avoué qu'il souffrait d'une violente migraine. Il aurait bien aimé visiter la ville, qu'il ne connaît pas, mais son mal de tête l'en empêche. Il craint le soleil. Aussi a-t-il décidé de rester à bord.

— Et il t'a permis de visiter Naples tout seul ? s'exclame Claude qui a peine à le croire.

Smaïlo sourit de nouveau, un peu tristement cette fois.

— Pas tout à fait ! soupire-t-il. L'excursion aura lieu sans moi. Le chauffeur du car doit m'arrêter devant le bureau de poste central. Là, je me rendrai au guichet de la poste

44

restante pour demander s'il y a du courrier au nom de mon oncle. Sitôt cette démarche faite, je dois prendre un taxi et rapporter ses lettres à mon oncle, sans traîner en route.

— Si je comprends bien, grommelle Mick, M. Assendi ne s'est résigné à te donner un peu d'air qu'en échange d'un service ?

— Oui... C'est un peu ça ! admet Smaïlo en soupirant.

Claude, impulsive à son habitude, se révolte.

— C'est dégoûtant ! s'écrie-t-elle. Tu n'es pas un esclave, tout de même ! Et tu as parfaitement le droit de te distraire un peu. Passe à la poste comme convenu, mais viens ensuite avec nous ! Le car t'attendra.

— Oh ! C'est impossible ! proteste Smaïlo. J'aimerais bien, remarque, mais je ne peux pas. Mon oncle me punirait.

— Claude ! dit Sylvie avec sévérité. Ne pousse donc pas Smaïlo à désobéir. Ce n'est pas bien.

— C'est encore moins bien de la part de son oncle de le priver de promenade ! s'écrie Mick, prompt à soutenir sa cousine.

— Peut-être, dit Sylvie. Mais nous n'avons pas le droit de nous mêler des affaires du voisin.

45

— Et flûte ! lâche Claude.

— Ouah ! renchérit Dag.

Sylvie, feignant de n'avoir rien entendu, s'absorbe dans la contemplation des rues animées de Naples.

— Vous savez, murmure Smaïlo à ses amis, si ce n'était le plaisir que j'ai à parler avec vous, je regretterais presque cet instant de liberté que m'a accordé mon oncle.

— Pourquoi donc ? demande François, étonné.

— Parce que cette démarche à la poste m'ennuie un peu. Je... je suis horriblement timide... C'est peut-être ridicule à mon âge, mais c'est ainsi et je n'y peux rien. Et puis... je ne parle pas italien.

— Bah ! dit Mick. Ce n'est pas bien sorcier que d'aller réclamer du courrier poste restante.

— C'est vrai ! Mon oncle m'a fait répéter ce que je devais dire... D'abord, me faire indiquer le guichet de la poste restante : « *Sportello del fermoposta.* » Et ensuite, donner à l'employé le nom de « M. Assendi ». Ce n'est pas bien malin... mais...

— Mais si ça t'ennuie tellement, je ferai la course à ta place, propose Mick de bon cœur. Moi, ajoute-t-il en riant, ce n'est pas la timidité qui me paralyse. Et je connais quelques mots d'italien.

Le visage de Smaïlo s'éclaire.

— Vrai, dit-il, ça ne t'ennuie pas ?

— Pas le moins du monde, mon vieux !

François intervient :

— Tu oublies que le car ne doit pas attendre Smaïlo.

— Tant pis ! tranche Claude. Nous descendrons tous. Il filera sans nous. Nous visiterons la ville un peu plus tard, par nos propres moyens. D'ailleurs, Sylvie a déjà séjourné en Italie. Elle nous pilotera dans Naples comme elle nous a déjà pilotés dans Gênes. N'est-ce pas, Sylvie ?

La jeune fille, ainsi interpellée, fait la grimace.

Ce changement de programme ne plaît guère au jeune professeur. Mais Annie, venant à la rescousse, sait se faire persuasive : il est difficile de refuser quelque chose à la gentille benjamine.

— Très bien ! soupire Sylvie. Et pendant que Mick sera à la poste, nous l'attendrons dans un café voisin en dégustant une de ces bonnes glaces dont les Italiens ont le secret !

Ce projet, bien entendu, reçoit l'approbation de tous, y compris de Dago qui a reconnu au passage le mot glaces et sait très bien qu'on ne l'oublie jamais quand il y a distribution de friandises.

Quelques instants plus tard, conseillés par le chauffeur du car, Sylvie et les enfants pénètrent dans un débit de boissons qui fait en même temps pâtisserie. Le bureau de poste se trouve deux rues plus loin à cent mètres de là.

— Commençons par nous régaler, dit Mick. J'expédierai la corvée ensuite !

Smaïlo lui jette un regard de gratitude. Claude, qui intercepte ce regard, se dit que le pauvre garçon doit être affligé d'une timidité maladive pour ne pas se risquer seul à faire une démarche aussi banale.

« C'est son oncle qui le paralyse », songe-t-elle encore.

Et son ressentiment contre le gros homme augmente du coup.

Mick, cependant, a fini sa glace. Tandis que ses compagnons attaquent de savoureux gâteaux, il se lève à regret.

— Le chauffeur m'a expliqué où se trouvait exactement la poste, dit-il. Je n'en ai pas pour longtemps.

— Veux-tu que je t'accompagne ? propose Claude.

48

— Non, non ! Pas la peine ! À tout de suite !
Dehors, il fait une chaleur effroyable.

Mick s'oriente rapidement et, suivant les indications du chauffeur de car, longe le trottoir. Il se hâte autant que la température le lui permet. Deux fois de suite, il tourne à gauche. Bientôt, il aperçoit le bâtiment qu'il cherche.

Le bureau de poste bourdonne comme l'intérieur d'une ruche. L'animation du lieu aurait peut-être impressionné Smaïlo. Mais il faut autre chose pour décontenancer Mick. Le jeune garçon s'adresse au premier Italien qu'il croise.

— *Sportello del fermoposta* ? demande-t-il en détachant bien les syllabes.

L'homme lui indique le guichet en souriant.

— *Grazie !* fait Mick poliment.

Le guichet de la poste restante est le moins encombré de tous. Mick, quand son tour est arrivé, donne à haute et distincte voix le nom de M. Assendi en ajoutant, machinalement, « s'il vous plaît ».

L'employé se penche en avant.

— Vous êtes français ? demande-t-il.

— Oui, dit Mick, agréablement surpris.

— Et vous venez réclamer le courrier d'un certain M… ?

49

— Assendi ! Y a-t-il quelque chose pour lui ?

— Je regrette, répond l'employé, mais je n'ai pas le droit de vous renseigner. Encore moins de vous remettre le courrier de ce monsieur. Les lettres qui nous sont confiées ne sont remises qu'à leur destinataire. Ce M. Assendi doit se présenter lui-même à notre guichet, et fournir la preuve de son identité. Cette règle, je crois bien, s'applique dans tous les pays du monde !

Mick remercie l'employé de ses explications, puis s'écarte un peu du guichet pour réfléchir…

« Curieux ! songe-t-il. M. Assendi est un homme apparemment instruit et qui a l'habitude de voyager. Comment se fait-il qu'il ait ignoré ce règlement postal et chargé son timide neveu d'une démarche inutile ? »

Très perplexe, il se dirige vers la sortie. Tout en réfléchissant, il remarque vaguement deux hommes, qui se mettent en marche en même temps que lui. Ces deux hommes, il s'en souvient, se trouvaient sur le seuil de la poste quand il est entré. L'énorme moustache de l'un d'eux a attiré son attention. Un peu plus tard, il les a aperçus derrière lui, au guichet de la poste restante.

chapitre 6

L'homme à la moustache

Mick n'aurait pas davantage pris garde à ces inconnus si, une fois dehors et ayant tourné à droite pour revenir à son point de départ, il n'avait vu les deux individus lui emboîter discrètement le pas.

L'imperceptible coup d'œil qu'ils ont échangé a-t-il surpris le jeune garçon ? Toujours est-il que Mick, sous le coup d'une intuition soudaine, traverse brusquement la rue. Les deux hommes en font autant…

— Par exemple ! maugrée Mick tout bas. Est-ce qu'ils me suivraient, par hasard ?

Pour en avoir le cœur net, il s'arrête devant un magasin de souvenirs, comme pour en admirer la devanture. Or, dans la vitre qui

51

fait glace, il aperçoit les deux hommes immobiles à quelques pas de lui.

Mick reprend sa marche. Les deux hommes suivent. Mick sent son cœur battre à coups précipités.

« Aucun doute ! se dit-il. C'est à moi qu'ils en veulent ! Ce sont des voleurs qui espèrent me faire les poches ! Un adolescent est plus facile à dépouiller qu'un homme. Eh bien, mes gaillards, vous ne me tenez pas encore ! J'ai de bonnes jambes… et je sais m'en servir ! »

Là-dessus, Mick se met à courir. Bousculant les piétons au milieu desquels il fonce, il se fraie un chemin dans la foule qui encombre le trottoir, ignorant les injures qu'on lui lance au passage. Les deux hommes s'élancent sur ses talons. Alors, Mick retraverse la rue, au risque de se faire écraser par les véhicules. Après cela, il prend un tournant sur la gauche, au hasard, avec la seule idée de distancer ses poursuivants.

Or, à son grand ennui, il lui suffit d'un coup d'œil en arrière pour constater que les deux hommes n'ont pas perdu sa trace. Mick redouble de vitesse, fait des feintes, des crochets, essayant de se perdre dans la foule, s'engageant dans des ruelles et courant, courant à perdre haleine.

Il commence à s'affoler. Le temps passe. Là-bas, à la pâtisserie, Sylvie et les autres doivent s'impatienter, consulter leur montre... peut-être même s'inquiéter.

« Et il y a de quoi ! songe Mick. Ces deux-là ne me lâcheront donc jamais ! »

Il commence à trouver bizarre que deux hommes soient aussi acharnés à traquer un jeune étranger qui, somme toute, ne peut être bien fortuné.

« J'appellerais bien au secours, se dit encore Mick. Mais je ne sais pas assez d'italien pour m'expliquer. Ces hommes me rattraperont, diront que je suis leur parent... ou que je suis dingue... ou n'importe quoi ! Flûte ! Il faut à tout prix que je les sème ! »

Soudain, ayant tourné un nouveau coin de rue, le fugitif aperçoit une porte cochère entrebâillée. Haletant, il s'engouffre dans l'ouverture, repousse le battant et s'immobilise dans l'ombre fraîche d'une entrée dallée, par bonheur déserte.

Il attend, tous ses sens en alerte...

« J'espère qu'ils ont perdu ma trace ! » pense-t-il.

Presque aussitôt, en regardant par une large fente faisant office de boîte aux lettres, il voit arriver ses poursuivants qui inspectent la rue. Tous deux passent devant la porte cochère, sans s'arrêter. Mick respire… puis se raidit : les deux hommes reviennent sur leurs pas. Ils gesticulent, l'air furieux.

Ils font halte, juste à la hauteur de Mick. Ils parlent à mi-voix. Mick ne comprend rien à leurs paroles. Sans doute pestent-ils contre le sort qui leur a fait perdre la trace du fugitif.

Soudain, trois mots se détachent, que Mick saisit au vol : « …*il signor Assendi !* » Il croit avoir mal entendu mais, presque aussitôt, ces mots sont répétés… Les deux hommes discutent encore un peu, puis s'éloignent à grands pas. Mick, très ému, attend un bon moment avant d'émerger de sa cachette… et encore avec mille précautions.

Une fois dehors, il se rend compte qu'il est complètement perdu. Mais le jeune garçon est débrouillard.

— *Ufficio postale ?* demande-t-il au premier promeneur venu.

Le chemin du bureau de poste lui est indiqué avec force gestes. Mick se dit qu'à partir de là il retrouvera facilement sa route. En effet, dix minutes plus tard, il fait son apparition dans la pâtisserie où se morfondent ses amis.

— Mick ! Enfin ! s'écrient-ils en chœur tandis que Dag bondit de joie et lui fait fête.

54

— Tu as été bien long ! fait remarquer François.

— Que t'est-il arrivé ? demande Claude qui, la première, s'aperçoit de la mine bouleversée de son cousin.

Mick passe la main dans ses cheveux en désordre et s'efforce de reprendre haleine. Annie pousse vers lui un verre d'orangeade.

— Tiens, bois ! dit-elle avec sa gentillesse habituelle.

Sylvie et Smaïlo se taisent mais leurs yeux attentifs interrogent l'arrivant.

— Oh ! là ! là ! dit Mick en se laissant tomber sur une chaise. Je viens de vivre une de ces aventures…

Il vide le verre d'un trait tandis que Smaïlo, soudain un peu pâle, murmure de façon confuse :

— C'est ma faute…

— Raconte ! ordonne Claude, impatiente.

Et Mick raconte… sans omettre le moindre détail.

— J'ai eu une veine insensée de m'en tirer ! déclare-t-il en conclusion. Je suppose qu'il est inutile de vous faire un dessin, n'est-ce pas ? Ce n'est pas à mon porte-monnaie que ces hommes en voulaient, mais à ma personne… S'ils m'avaient rattrapé, ils m'enlevaient, c'est certain !

— Mais pourquoi ? s'écrie Annie. Je ne comprends pas…

— Tu veux dire… qu'ils avaient l'intention de t'enlever pour te rendre ensuite contre une bonne rançon ? s'exclame François de son côté. Mais c'est ridicule ! Ça ne tient pas debout ! Ils ignoraient si nos parents seraient assez riches pour payer ! Ils ne te connaissaient pas ! Tu…

Mick coupe la parole à son frère :

— Tu as mal compris ou mal entendu ce que j'ai dit, mon vieux ! J'ai précisé que ces deux individus ont prononcé à deux reprises le nom de M. Assendi. Il me semble que cela devrait te sembler clair, non ?

— Très clair, en effet ! affirme Claude. C'est à Smaïlo que ces hommes en voulaient ! C'est Smaïlo qu'ils projetaient d'enlever… et sur l'ordre de M. Assendi, bien sûr !

Smaïlo pâlit davantage, mais Sylvie, d'abord stupéfaite, part d'un éclat de rire.

— Eh bien ! mes enfants ! dit-elle avec bonne humeur. On peut dire que vous avez l'imagination tenace. Au milieu de tous les mots italiens se terminant en « i » prononcés par ses poursuivants – si vraiment les deux hommes

56

le poursuivaient –, Mick a cru entendre
« Assendi » et, hanté comme il l'est par l'oncle
de Smaïlo, il a forgé une rocambolesque histoire. Du reste, et si M. Assendi avait voulu faire
enlever son neveu, pourquoi ses complices
auraient-ils couru après Mick ? C'est ridicule !

— Je ne crois pas, Sylvie ! coupe Claude
qui, avec sa vivacité d'esprit habituelle, a déjà
compris ce que pense Mick. Si ces deux individus ont poursuivi Mick, c'est qu'ils l'ont pris
pour Smaïlo.

— Exactement ! s'écrie son cousin. Smaïlo
et moi, nous avons le même âge, la même
taille, à peu près la même allure, et nous
sommes bruns tous les deux. On avait sans
doute donné le signalement de Smaïlo à ces
hommes qui, par ailleurs, savaient qu'il vien-
drait à la poste réclamer le courrier de son
oncle. Rappelez-vous : Smaïlo devait prononcer le nom d'Assendi au guichet de la poste
restante. C'était en quelque sorte, à son insu,
un mot de passe destiné à l'identifier lui-
même. En l'entendant, les deux sbires ont été
persuadés que le garçon brun était Smaïlo…
Il ne leur restait plus qu'à le suivre dehors et
à l'enlever !

— Et tu es allé là-bas à ma place ! s'exclame Smaïlo, tout frémissant. Ces bandits

57

se sont trompés et tu as failli être kidnappé à ma place, Mick ! Tu m'as sauvé la vie ! Moi, je n'aurais jamais eu le cran de m'enfuir. J'aurais eu bien trop peur ! ajoute-t-il humblement.

Mais Sylvie n'est pas convaincue. Elle continue à se moquer des enfants :

— Vous vous prenez trop au sérieux, mes petits ! Les histoires dans lesquelles vous avez tenu avec succès le rôle de détectives finissent par occuper toutes vos pensées. Vous ne faites qu'effrayer inutilement votre ami Smaïlo. Regardez-le, le pauvre ! Il va sûrement rêver cette nuit de l'homme à la grosse moustache et de son compagnon.

Elle a beau faire, cependant, Claude et ses cousins demeurent persuadés de la gravité de la situation. Smaïlo partage si bien leur façon de voir qu'il déclare brusquement ne pas vouloir retourner à bord. Claude le dissuade de son projet.

— Ce serait de la folie ! s'écrie-t-elle. Où irais-tu ? Ton oncle aurait tôt fait de remettre la main sur toi. Il te surveillerait de plus près encore et ta vie serait pire qu'avant !

Smaïlo finit par se laisser convaincre. Sylvie, heureuse de ce dénouement, fait signe à un taxi : le jeune garçon rentrera seul à bord, normalement, comme il a été convenu avec son oncle.

François regarde le taxi s'éloigner et hoche la tête.

— Quant à nous, dit-il, nous nous arrangerons pour rentrer avec les autres touristes. Si M. Assendi nous voit, il pensera que nous avons fait l'excursion avec eux, voilà tout !

Sylvie ne veut pas contrarier les enfants. En flânant, le petit groupe se dirige vers le port. Dago semble grisé par toutes les odeurs nouvelles qui croisent sa route. À un certain moment, il entre en « conversation » avec un chien napolitain qui veut fraterniser avec lui. Leur entretien – fort bruyant – attire un grand nombre d'autres chiens qui entourent Dago. Ils le flairent en aboyant amicalement (sans doute en italien) et paraissent lui poser des questions sur son séjour à Naples. Dag répond par des « ouah » polis et si variés dans leur intonation que les enfants et Sylvie se tordent de rire.

Le klaxon du car des touristes qui revient les ramène au sentiment de la réalité. En courant, ils se précipitent à la suite du véhicule qui franchit la grille du port. Lorsque, un peu essoufflés, ils le rattrapent, le car est arrêté devant le *San Silvio* et ses passagers achèvent d'en descendre. Le petit groupe se mêle à eux et s'engage sur la passerelle à leur suite.

C'est alors que se produit un incident...

Comme les Cinq grimpent la passerelle en question, à quelques pas derrière Sylvie, ils doivent se ranger de côté pour laisser passer deux hommes qui, contrairement à eux, la descendent.

Mick se raidit et presse le bras de Claude.

— Ce sont eux ! lui glisse-t-il. L'homme à la grosse moustache et son acolyte ! Ils n'ont pas l'air content !

Les deux hommes ne les ont même pas regardés et, déjà, s'éloignent en discutant. Mick attire sur eux l'attention de Sylvie et de ses compagnons.

— Sylvie, je vous jure, ce sont les deux hommes qui m'ont couru après cet après-midi ! L'homme à la moustache est des plus reconnaissables. Est-ce que vous me croirez, à la fin ?

Sylvie est un peu ébranlée. Toutefois, elle s'obstine à voir dans les deux Italiens de simples pickpockets.

— Je suis sûr d'avoir raison ! affirme Mick. Ils viennent du bateau. Je parie à dix contre un qu'ils sont allés faire leur rapport à M. Assendi.

— Et comme ils ont raté la mission dont il les avait chargés, ces deux truands ont dû se faire frotter les oreilles ! enchaîne Claude.

— Voilà pourquoi ils ont l'air si furieux ! fait remarquer François.

— Pauvre Smaïlo ! soupire Annie. Son oncle a dû le recevoir fraîchement tout à l'heure, surtout après lui avoir entendu débiter l'aventure de Mick, comme s'il l'avait vécue lui-même.

— J'aurais bien voulu voir la tête de M. Assendi en voyant revenir son neveu ! ajoute Claude.

chapitre 7

Un complot

Le *San Silvio* reprend bientôt sa route. En franchissant le détroit de Messine, Sylvie attire l'attention des enfants sur les deux « monstres » dont l'Antiquité a perpétué le souvenir : Charybde et Scylla !

— Charybde est ce tourbillon, tout près de la côte sicilienne. On l'aperçoit d'ici ! explique-t-elle. Il n'est guère redoutable pour nos bateaux modernes mais, avec les embarcations de jadis, il en allait autrement. Quant à Scylla, ce gros écueil que l'on aperçoit du côté italien, il était surtout à craindre, pense-t-on, du fait qu'il servait de repaire à un calmar géant qui terrorisait les marins. D'où l'expression « tomber de Charybde en

Scylla » qui signifie « tomber d'un danger dans un autre plus grand ».

Tandis que Sylvie parle, M. Assendi vient à passer sur le pont, flanqué de son neveu. Smaïlo s'arrête près du groupe, comme pour écouter le jeune professeur. M. Assendi en fait machinalement autant.

Dag s'approche de Smaïlo pour lui faire fête. Le jeune garçon le caresse, sans regarder ses amis. Et ceux-ci, pour ne pas attirer l'attention de l'oncle, continuent à écouter Sylvie, sans se retourner. Seulement, quand les deux promeneurs se sont éloignés, Claude pousse une exclamation :

— Regardez ! Smaïlo a noué son mouchoir autour du collier de Dag !

Le mouchoir, détaché, révèle son secret. Smaïlo a écrit dessus, à l'aide d'un crayon noir :

« Mon oncle a bien tenté de me faire enlever. Ses sbires sont venus à bord. J'ai surpris une partie de leur conversation. »

— Et maintenant, dit Mick en se tournant vers Sylvie, finirez-vous par y croire ?

Sylvie ne répond rien. Mais, à son air soucieux, tous comprennent qu'elle commence à se poser des questions…

Le matin suivant, quand les enfants se réveillent, le *San Silvio* est amarré au Pirée, le très moderne port d'Athènes. Tout en prenant leur petit déjeuner dans la salle à manger, ils commentent avec Sylvie cette escale, qui doit durer quarante-huit heures.

— Chic ! dit François. Nous aurons deux grandes journées pour visiter Athènes. Ce ne sera pas de trop !

— À nous l'Acropole, le Parthénon et…, commence Claude.

Elle est interrompue par une violente secousse, suivie d'un effroyable craquement. La vaisselle cliquette sur les tables. Les serveurs, surpris car le bateau est à quai, laissent tomber ce qu'ils tiennent. On entend s'élever au-dehors un grand brouhaha.

— Allons voir ce qui se passe ! propose Claude.

Les Cinq et Sylvie, imités par de nombreux passagers, se précipitent sur le pont. Un triste spectacle les y attend ! Un gros bateau, mal dirigé pour une raison quelconque, vient d'éperonner l'infortuné *San Silvio* !

Au milieu du tumulte général, une voix, amplifiée par les haut-parleurs, s'adresse à tous les passagers… Aucun danger n'est à craindre. Personne ne doit s'affoler. Chacun reprend donc son déjeuner interrompu. Un peu plus tard, les haut-parleurs communiquent d'autres nouvelles. D'après une première estimation des dégâts, les réparations que doit subir le *San Silvio* prendront deux ou trois jours. Durant ce laps de temps, les passagers seront hébergés, aux frais de la compagnie maritime, dans différents hôtels du Pirée.

— Ici ou ailleurs, déclare philosophiquement Sylvie aux enfants, nous serons toujours à pied d'œuvre pour visiter les lieux. Et même, si nous bénéficions d'un jour supplémentaire, je ne m'en plaindrai pas !

Claude, François, Mick et Annie sont assez satisfaits eux-mêmes. La nouveauté et l'imprévu les séduisent toujours. Ils préparent donc gaiement leurs valises. Soudain, la même pensée leur vient à tous, au même instant.

— Et Smaïlo ? s'écrie Mick.

— Pourvu qu'il soit logé dans le même hôtel que nous ! soupire Annie.

— S'il en est autrement, comment ferons-nous pour surveiller les faits et gestes de son oncle ? demande François, inquiet.

— J'ai une idée ! s'exclame Claude.

Claude a toujours des idées à en revendre. Elle bondit hors de la cabine et se met en quête du commissaire du bord. Le malheureux est débordé mais elle réussit tout de même à lui parler. Il tient précisément à la main la liste des passagers.

— S'il vous plaît, lui dit Claude. Pouvez-vous nous dire quel hôtel a été assigné à notre groupe : Gerbay-Dorsel-Gauthier ?

— *Le Délos* ! répond l'officier après un bref coup d'œil jeté à sa liste.

— Et M. Assendi ? demande encore Claude. Nous sommes des amis de son neveu, vous comprenez...

Le commissaire sourit et est tout heureux de satisfaire Claude :

— Il logera lui aussi au *Délos*. Êtes-vous content, jeune homme ? Ainsi, vous ne serez pas séparé de votre camarade !

Ce n'est pas la première fois que l'on prend Claude pour un garçon. Sans relever l'erreur, elle sourit gentiment.

— Je vous remercie, commissaire !

Là-dessus, elle court retrouver ses cousins pour leur annoncer la bonne nouvelle.

— Si M. Assendi n'avait pas dû descendre au *Délos*, j'aurais demandé qu'on nous case dans le même hôtel que lui. Enfin, tout s'arrange !

Moins d'une heure plus tard, la totalité des passagers est répartie dans différents établissements du Pirée. Une visite à l'Acropole, en car, est prévue pour l'après-midi même.

Sans doute pour ne pas se faire remarquer, M. Assendi y participe, comme tout le monde. Quand les enfants le voient grimper dans le car où ils se trouvent déjà, ils ont quelque mal à cacher leur satisfaction. Comme Smaïlo passe à côté d'eux, sur les talons de son oncle, ils lui adressent à la dérobée de petits signes affectueux. Smaïlo paraît apprécier ces témoignages d'amitié. Son mince visage aux traits tirés s'éclaire d'un sourire.

« Pauvre gosse ! se dit Sylvie. Il n'a pas l'air d'avoir une existence bien gaie. »

Les quatre cousins interceptent le coup d'œil attristé de la jeune fille et s'en réjouissent tout bas. Ils finiront bien, pensent-ils, par convaincre Sylvie de la nécessité d'intervenir dans la vie de Smaïlo.

Bientôt, après avoir grimpé au flanc de l'Acropole, le car dépose les excursionnistes à proximité du Parthénon.

— Mesdames et messieurs, annonce le guide, les restaurations en cours nous interdisant la visite du célèbre temple érigé sous Périclès en l'honneur de la déesse Athéna, du moins nous est-il possible de circuler parmi les ruines qui l'entourent. Si vous voulez bien me suivre...

Lorsque la visite est terminée, les touristes ont alors le loisir de s'arrêter près des petites boutiques de souvenirs. Tandis que Sylvie prend des photos, les Cinq se dirigent vers un étalage de cartes postales. Smaïlo y est déjà, en train de choisir des vues. Pendant que Claude, Mick et Annie, feignant de choisir des cartes eux aussi, glissent quelques mots à Smaïlo et que celui-ci, sans même avoir l'air de leur parler, répond sur le même ton, François, resté un peu en arrière, aperçoit M. Assendi. Le gros homme, à demi caché par une colonne en ruine, échange quelques paroles rapides avec un individu dont la joue droite s'orne d'une balafre. D'un geste discret, M. Assendi désigne son neveu à l'inconnu qui fait un signe d'assentiment comme pour dire : « Compris ! »

François, inquiet, a alors l'intuition que les événements vont se précipiter. Il rejoint Claude, Mick, Annie et Smaïlo et, faisant mine lui aussi de choisir des cartes, les met vivement au courant de l'incident suspect.

— Il faudra te tenir sur tes gardes, Smaïlo, dit-il au jeune garçon. Cet homme à la cicatrice semblait recevoir de ton oncle des ordres te concernant et…

— Et il pourrait bien se tramer un second enlèvement ! grommelle Claude.

— Sois tranquille ! Il échouera comme le premier, dit Mick. On va ouvrir l'œil, et le bon !

— Merci de me prévenir ! murmure Smaïlo.

— Chut ! fait Annie. Voici ton oncle qui arrive.

Déjà, Dago gronde sourdement. D'instinct, il déteste ce gros homme huileux. Claude et ses cousins achètent chacun deux cartes, règlent sans traîner leur emplette et s'éloignent sans même regarder Smaïlo et son oncle. Sylvie, toute contente, referme son appareil.

Le conducteur du car rallie ses passagers d'un vigoureux coup de klaxon. Et c'est le retour à l'hôtel… !

Le Délos est un excellent établissement, aux chambres confortables, dont les portes-fenêtres s'ouvrent, à chaque étage, sur un balcon-terrasse commun. En voyant M. Assendi prendre ses clés à la réception, Claude constate que lui et Smaïlo logent au quatrième, comme Sylvie et les Cinq. Elle se réjouit de savoir leur nouvel ami si proche d'eux.

Le repas, servi dans la grande salle à manger, est délicieux mais un peu gâché – pour les enfants du moins – par l'air soucieux qu'arbore Smaïlo. Ils sentent planer sur l'orphelin un danger imprécis qui assombrit l'atmosphère.

Malgré tout, au terme de cette journée bien remplie, Sylvie et les Cinq se sentent un peu las et éprouvent le besoin de repos. Tous montent se coucher de bonne heure. Claude, qui partage sa chambre avec Annie (et Dag, bien entendu), s'endort sitôt la tête sur l'oreiller. Elle est réveillée, assez tard dans la nuit, par Dago qui se gratte. Elle le gronde à voix basse :

— Allons, bon ! Tu viens de m'arracher à un rêve épatant. J'étais la déesse Athéna et je régnais sur le Parthénon !... Flûte, je n'ai plus sommeil à présent ! Viens ! Allons faire un tour sur la terrasse !

Sans réveiller sa cousine, Claude passe sur le balcon-terrasse où des jardinières fleuries forment un jardin suspendu.

— Cela nous change du bateau, hein, mon vieux Dag ?

Subitement, Claude a l'idée un peu folle de profiter de la nuit pour aller trouver Smaïlo et bavarder avec lui.

71

« L'oncle et le neveu logent au 411 et au 412, se dit-elle. L'ennuyeux, c'est que j'ignore quelle chambre au juste occupe Smaïlo. Si je me trompe et vais gratter à la fenêtre de M. Assendi, ce sera la catastrophe ! »

Elle s'oriente pour repérer les portes-fenêtres du 411 et du 412. Soudain, elle retient un cri de joie. Si l'une des pièces est obscure, l'autre est éclairée. La porte-fenêtre est ouverte et la lumière filtre entre les rideaux mal joints. De l'intérieur de la chambre, un bruit assourdi de voix parvient à Claude.

« C'est M. Assendi, songe-t-elle. Smaïlo occupe donc l'autre pièce. »

Elle n'est plus si pressée, maintenant, de rejoindre le protégé des Cinq. Avec qui parle donc M. Assendi à cette heure indue de la nuit ?

Sans faire de bruit, la jeune détective s'approche et, à travers la fente des rideaux, coule un regard indiscret. Elle voit de dos l'oncle de Smaïlo, en grande conversation avec un individu qui lui fait face. À la description qu'en a faite François, elle reconnaît l'homme à la cicatrice.

— Ne parle pas grec ! ordonne à cet instant même M. Assendi. Si on nous entendait… on ne sait jamais. Je ne tiens pas à ce qu'on nous comprenne. Parle plutôt français, comme moi... et un ton plus bas, s'il te plaît !

Claude sent son cœur battre très fort. Le hasard la sert miraculeusement. Mais il faut que ses cousins soient prévenus.

— Vite ! souffle-t-elle à l'oreille de Dago. Vite ! Va chercher Annie. Et dis-lui de réveiller Mick et François. Ramène-les tous les trois !

Elle a insisté sur les prénoms et sait que l'intelligent animal comprendra. Il ira d'abord tirer Annie de son sommeil, puis grattera à la porte jusqu'à ce qu'elle lui ouvre. Il la conduira alors à la chambre des garçons. Après quoi, il les ramènera tous trois sur le balcon...

— Vite ! Vite ! Annie, Mick, François ! répète Claude dans un souffle.

Dag part comme une flèche. Un instant plus tard, il revient, suivi de trois ombres silencieuses.

— Écoutez ! murmure simplement Claude à ses cousins.

— Je n'admettrai pas, dit M. Assendi d'un ton furieux, que tu sabotes le travail comme l'ont fait ces deux imbéciles de Naples. Cette fois, Trakopoulos, il faut réussir, comprends-tu ?

73

— Bon ! Bon ! Ne vous fâchez pas ! Je me charge de tout. Votre neveu sera proprement kidnappé.

— Mais en douceur, j'insiste là-dessus. Je ne veux pas qu'il lui soit fait le moindre mal. M'entends-tu, Trakopoulos ? Je te paie bien, mais tu dois m'obéir. Quand tu auras enlevé Smaïlo, tu le séquestreras provisoirement, comme convenu, dans l'île de…

Les mots, quoique prononcés bas, arrivent distinctement aux oreilles des quatre cousins. Déjà, ils ont appris ce qui se trame contre leur ami et connaissent le nom de son kidnappeur, l'homme à la balafre : Trakopoulos ! Maintenant, ils vont apprendre le plus intéressant : le lieu de la future détention de Smaïlo, l'île de…

Hélas ! À la seconde même où M. Assendi va prononcer le nom attendu, il s'interrompt brusquement…

La brise, en agitant les rideaux de la fenêtre, vient de lui révéler que celle-ci est ouverte. En maugréant contre le courant d'air, il se lève pour la fermer.

François, Mick, Annie, Claude et Dag reculent vivement dans l'ombre. Mais, une fois la fenêtre fermée, ils n'entendent plus rien.

À la queue leu leu, les quatre cousins regagnent la chambre des filles.

— Quelle malchance ! s'écrie Claude, navrée. Au moment où nous n'allions plus rien ignorer du complot, il a fallu que cet horrible bonhomme nous joue ce tour !

— Nous avons tout de même appris pas mal de choses, lui fait remarquer François. Au fond, peu importe le nom de l'île. Le mieux, c'est de surveiller étroitement Smaïlo et d'éviter le kidnapping, voilà tout !

— Tu as raison, acquiesce Mick. Puisque le moment de l'action est proche, redoublons de vigilance !

— Mais comment savoir au juste quand l'enlèvement aura lieu ? demande Annie, inquiète.

— Demain ou après-demain, sans doute ! répond Claude. Trakopoulos doit agir vite car le temps est limité.

— Qu'y a-t-il au programme de demain ? s'enquiert Annie.

— Une balade en mer, indique François, au cours de laquelle nous visiterons quelques îles : Salamine, Égine et Hydra, je crois.

— Parfait ! déclare Mick. Il nous sera facile de garder un œil sur Smaïlo. Nous le serrerons de si près que ce Trakopoulos aura intérêt à se tenir à l'écart !

— Et s'il tente quelque chose, achève Claude avec ardeur, nous pousserons des cris, nous le ferons arrêter et nous révélerons alors ce que nous avons entendu cette nuit. Il sera pris la main dans le sac !

— Ouah ! fait Dag en conclusion.

chapitre 8

L'enlèvement de Smaïlo

Là-dessus, les Cinq regagnent leurs lits… Mais le lendemain doit leur apporter une nouvelle déception. Comme prévu au programme, les passagers du *San Silvio* se retrouvent de bon matin sur un des quais du Pirée. Là, ils embarquent joyeusement sur les vedettes constituant la flottille qui doit les emporter vers les îles.

— Flûte ! souffle Claude à l'oreille de Mick. Smaïlo et son oncle ne montent pas dans la même vedette que nous !

— Peu importe ! réplique Mick. Nous allons tous au même endroit. Et c'est évidemment à terre que Trakopoulos se propose d'agir. Pas en mer, bien sûr !

— Tu as raison. Je m'inquiète pour rien !

Mais Claude pense autrement – et ses cousins avec elle – quand elle s'aperçoit qu'à un certain moment les vedettes se séparent pour filer vers des destinations différentes. Celle à bord de laquelle se trouvent les Cinq et Sylvie continue sur Salamine, tandis que celle sur laquelle ont pris place l'oncle et le neveu s'éloigne en direction d'Égine.

— C'est la tuile ! confie Claude à ses cousins. Que faire à présent ?

Hélas ! toute action leur est interdite, évidemment. Force est aux jeunes détectives de se résigner, en espérant que l'enlèvement projeté n'aura pas lieu au cours de cette excursion-là. Mais tout le plaisir de la sortie est perdu pour eux. Ils attendent avec impatience le moment du retour.

Il est plus de cinq heures de l'après-midi quand Sylvie et ses compagnons regagnent *Le Délos*. À peine ont-ils pénétré dans le hall de l'hôtel que les enfants sentent leurs pires craintes se confirmer...

M. Assendi, très agité et l'air ému, se tient au centre d'un groupe d'excursionnistes désolés. Smaïlo n'est pas là ! Les quatre cousins, très alarmés, se renseignent.

Ils apprennent alors que leur protégé – bien mal protégé, souligne Mick au passage – a disparu pendant la visite d'une petite île, voisine d'Égine, où une escale était prévue.

Sylvie, aussi bouleversée que les enfants, réclame des détails auprès de la direction, visiblement affolée. Quand elle revient près des Cinq, elle est livide.

— On s'est aperçus de la disparition de Smaïlo au moment de rembarquer, explique-t-elle. Son oncle pensait qu'il traînait en arrière. Mais c'est en vain que l'on a fouillé la petite île : il est resté introuvable. La vedette a alors regagné au plus vite Le Pirée où M. Assendi a alerté la police. Celle-ci a envoyé des hommes qui, à leur tour, ont fouillé l'île. Eux non plus n'ont pas trouvé trace de Smaïlo !

— C'est son oncle qui l'a fait enlever ! s'écrie Claude, incapable de se contenir plus longtemps.

— Ne dis pas de sottises, Claude ! dit Sylvie dont les yeux s'emplissent lentement de larmes. Je ne vous ai pas encore révélé le plus terrible... Si les policiers n'ont pas retrouvé Smaïlo, ils ont en revanche découvert ses sandales, abandonnées au creux d'un rocher, près de la mer. On peut en conclure une seule chose : le pauvre petit a voulu se baigner en cet endroit, très dangereux paraît-il, et il s'est noyé ! À moins qu'il n'ait glissé, avec le même résultat.

— Comme c'est probable ! s'exclame Mick, indigné. Nous savons tous que M. Assendi veillait à ce que Smaïlo ne s'éloignât jamais de lui. Le neveu marchait sur les talons de l'oncle, comme un toutou retenu par une laisse invisible. Jamais Smaïlo n'aurait eu l'idée de désobéir, à plus forte raison de s'éclipser pour aller se baigner tout seul. Et même s'il avait eu cette idée-là, M. Assendi se serait aperçu à l'instant même de son absence à ses côtés. Et où sont ses vêtements s'il s'est baigné ? Et pourquoi aurait-il quitté ses sandales s'il a simplement glissé ?

— Son oncle joue la comédie ! lance Claude à son tour. Cette nuit, Sylvie, nous avons découvert un véritable complot contre Smaïlo… un complot bien réel, comprenez-vous ?

— C'est vrai ! renchérit François gravement. Sylvie, il faut que vous soyez au courant. Il faut aussi que, cette fois, vous ne doutiez plus de la vérité. Montons dans votre chambre. Nous allons tout vous raconter en détail…

Après avoir entendu le récit des enfants, la jeune fille devient plus pâle encore. Elle s'en veut d'avoir été aveugle jusque-là et se tient presque pour responsable de la disparition de Smaïlo…

— Si vous m'aviez expliqué tout cela ce matin…, commence-t-elle.

— Vous auriez pensé que nous avions mal compris ou mal entendu ! coupe Claude avec amertume. Tout de même, aujourd'hui, face à l'évidence, vous vous rendez compte que ce n'était pas seulement notre imagination qui travaillait.

— Oui… je le reconnais… J'aurais dû vous écouter. Mais à présent, que faire ? Vos soupçons étaient fondés mais c'est chose grave que d'accuser publiquement M. Assendi.

— Sans compter que cela ne servirait probablement à rien ! soupire François d'un air sombre. Nous ne sommes que des enfants ! Et si nous avertissons la police, que fera-t-elle de plus ?

— Elle pourra mettre la main sur Trakopoulos… fouiller l'île…, suggère Sylvie.

— Fouiller l'île ? On l'a déjà fait sans succès. Et si Trakopoulos s'aperçoit que la police est à ses trousses, il peut fort bien s'arranger pour disparaître avec son prisonnier.

81

— J'ai une idée ! s'écrie Claude avec animation.

— Le contraire m'aurait bien étonné ! s'exclame Mick d'un air goguenard.

Mais, au fond, il est plein d'espoir.

— Oui, j'ai une idée ! répète Claude. Puisque Sylvie nous croit désormais, elle va nous aider à tenter de sauver Smaïlo ! Voulez-vous, Sylvie, vous charger de surveiller les faits et gestes de M. Assendi ? Je suppose qu'il ne tardera pas à prendre contact avec son complice et, à ce moment-là, vous pourrez alerter la police. Pendant ce temps, de notre côté, nous allons essayer de retrouver la trace de notre ami.

Sylvie hésite.

— Je veux bien vous aider, naturellement, dit-elle, mais j'ai des scrupules à vous laisser agir seuls de votre côté…

— Seuls ! réplique Annie candidement. Mais nous sommes Cinq, vous savez !

— Et puis, ajoute Claude, nous avons l'habitude de ces sortes de situations. Il ne nous arrivera rien, rassurez-vous !

— Nous serons prudents, promet François. Vous pouvez compter sur nous.

— Mais qu'avez-vous l'intention de faire ? demande Sylvie.

Claude, fille d'action autant que d'imagination, a déjà un plan en tête.

— Nous allons louer un canot à moteur, avec son batelier, et nous faire conduire sur cette petite île où Smaïlo a disparu, l'île d'Apollon. Nous l'explorerons, et c'est bien le diable si nous n'arrivons pas à dénicher quelque indice !

Sylvie réfléchit. L'expédition projetée lui semble sans danger. Elle finit par acquiescer :

— Très bien. Je vous fais confiance. Mais je tiens à voir avec qui vous partez. Je vous accompagnerai au port, demain matin, pour vous aider dans le choix d'un marin.

Ce soir-là, avant de se coucher, les autres cousins discutent encore de la situation. Mick soupire :

— Je regrette que nous n'ayons pas prévenu Smaïlo du complot qui le menaçait. Il aurait ouvert l'œil !

— Penses-tu ! s'écrie Claude. Il se tenait constamment sur ses gardes. Cela n'aurait rien fait, que le rendre plus nerveux. Et Trakopoulos se serait tout de même débrouillé pour l'enlever.

— Je me demande comment il s'y est pris, celui-là ! grommelle François. Nous nageons en plein brouillard.

— Une chose me chiffonne, avoue Claude, qui réfléchit. En fouillant cette île minuscule, les gens de l'excursion auraient dû découvrir les sandales de Smaïlo. Il est inadmissible que l'un d'eux ne les ait pas vues ! Ce sont les policiers qui, un peu plus tard, les ont trouvées. J'en conclus…

— Qu'on a déposé ces sandales sur le rocher après le départ des touristes, achève Annie de sa voix douce.

— Tout juste ! Trakopoulos a dû obliger Smaïlo à se déchausser pour fournir une fausse piste à la police. En croyant Smaïlo noyé, on ne le chercherait plus sur l'île !

— Oh ! Comme il me tarde d'être à demain ! s'écrie Mick.

— Ouah ! fait Dag à pleine voix.

Assis sur son arrière-train, il regarde fixement Claude et, la queue frétillante, semble vouloir exprimer quelque pensée secrète.

— Que veux-tu, mon chien ? dit Claude. Tu penses à Smaïlo ?

— Ouah ! répète Dag avec force.

— Tu veux nous aider, demain, à le recher-cher ?

— Ouah ! Ouah ! fait Dag en courant à la porte-fenêtre donnant sur la terrasse.

84

— Je sais ce qu'il veut ! s'écrie Claude. Pour qu'il puisse nous aider, il faudra lui donner à flairer un vêtement de Smaïlo. Je vais me glisser dans sa chambre et en chercher un.

— Attends ! J'y vais ! jette Mick.

Et, devançant sa cousine, il passe sur le balcon...

Deux minutes plus tard, il reparaît, agitant triomphalement la veste de pyjama de Smaïlo.

— Avec ça, Dag en aura plein les narines ! Et maintenant, allons nous coucher ! Je tombe de sommeil !

chapitre 9

L'attente

Le lendemain matin de bonne heure, comme convenu, Sylvie accompagne les Cinq jusqu'au port. Claude, vrai marin dans l'âme, fixe très vite son choix sur un solide canot à moteur à bord duquel un pittoresque batelier, tranquillement allongé, lit un journal en attendant les clients. Sylvie jette un coup d'œil à l'homme et le trouve sympathique.

Le petit groupe s'approche. Par chance, Alcibiade – c'est le nom du batelier – parle un peu le français. On a vite fait de s'entendre. François lui explique ce qu'on attend de lui, et Sylvie lui recommande ses jeunes compagnons. Alcibiade promet de veiller sur eux et sa bouche édentée s'ouvre en un large sourire.

Sylvie s'éloigne, rassurée, pour regagner *Le Délos* et surveiller M. Assendi.

L'enquête des Cinq commence...

Il fait un temps splendide. Dans un ciel sans nuages, le soleil n'est pas encore assez haut pour brûler. La mer miroite comme un grand lac paisible. Une brise douce souffle du large.

Alcibiade met son moteur en marche. Il connaît fort bien toutes les îles avoisinantes et n'a aucun mal à repérer celle – très peu étendue – qui sort des flots tout près d'Égine. Il pique droit dessus...

— Nous sommes arrivés ! annonce-t-il en coupant les gaz.

Le cœur des enfants bat très fort quand ils mettent pied à terre.

— Je vous attends ! déclare encore Alcibiade.

Et, après avoir tiré son bateau entre deux rochers, il s'allonge à son ombre, rabat son chapeau sur son visage et s'endort paisiblement.

— Si nous avons besoin de lui, souffle Claude à ses cousins, nous saurons toujours où le trouver. En attendant, mieux vaut qu'il ignore le but de notre promenade. Venez !

Les jeunes détectives commencent par faire sentir à Dag la veste de pyjama de Smaïlo.

— Cherche, mon chien ! ordonne Claude.

Mais tant de touristes ont piétiné le sol de la petite île que Dag ne peut trouver la piste du jeune Assendi.

— Tant pis ! soupire Mick, dépité. Cherchons nous-mêmes !

C'est vite fait. À part les ruines d'un ancien temple d'Apollon, au sommet d'une petite éminence, il n'y a strictement rien à voir. Les Cinq ont vite fait le tour de l'îlot.

— Nous ne sommes pas plus avancés qu'avant ! dit François en conclusion. Smaïlo n'est pas ici !

— Mais c'est ici qu'on l'a kidnappé, rappelle Mick. Et que l'on a retrouvé ses sandales !

— À mon avis, déclare François, M. Assendi est trop malin pour avoir laissé son neveu dans cette île après son enlèvement. Une fois son coup fait, Trakopoulos a dû emmener Smaïlo à Athènes. C'est encore là qu'il lui est le plus facile de le cacher.

Mais Claude n'est pas d'accord.

— Rappelez-vous, dit-elle à ses cousins, les paroles prononcées par M. Assendi l'autre nuit. Il était question de cacher provisoirement Smaïlo sur une île… dont nous ignorons malheureusement le nom. Comme il ne semble pas que ce soit celle-ci, il faut que ce soit une autre !

— Il pleut des évidences premières ! chantonne Mick, moqueur.

— Et cette autre, continue Claude sans se troubler, pourrait bien être tout près d'ici !

Du haut de l'éminence sur laquelle ils se trouvent, les enfants regardent autour d'eux. Annie est la première à repérer, à quelque distance, un minuscule îlot.

— Peut-être là ! dit-elle en tendant le bras.

— Tu plaisantes ! réplique Mick. C'est à peine plus qu'un gros rocher. Jamais personne ne doit y mettre les pieds.

— Justement ! rétorque Claude. Cet endroit constitue une cachette idéale si aucun touriste n'y vient jamais.

— Allons voir ! propose François.

Les Cinq courent jusqu'à la plage, réveillent Alcibiade et lui font part de leur désir. Docilement, le Grec remet son moteur en route… Comme l'a fait remarquer Mick, l'îlot n'est qu'un énorme rocher, encore plus petit que l'île d'Apollon. Les mines s'allongent. Que peut-on espérer trouver en ce lieu apparemment sans mystère ?

— Essayons tout de même ! soupire Claude.

De nouveau, elle déplie la veste de pyjama de Smaïlo et la fait sentir à Dagobert.

— Smaïlo ! dit-elle au chien. Smaïlo ! Cherche Smaïlo ! Cherche Smaïlo, mon vieux Dag ! Cherche !

Le chien sait ce qu'on attend de lui. Longuement, il renifle le vêtement de nuit. Les quatre enfants attendent, sans trop d'espoir. Soudain, Dago lève le museau, éternue, frétille de la queue et, la truffe à ras du sol, commence à chercher à droite et à gauche…

Tout à coup, ses oreilles s'agitent et il aboie :

— Ouah ! Ouah !

— Il a flairé une piste ! s'écrie Claude.

Le chien se dirige vers une sorte de bosse du terrain, la contourne et s'arrête devant un orifice sombre. Les enfants le rejoignent en courant.

— Une grotte ! dit Annie.

— Parfaitement ! Une grotte ! répète Mick en tendant le cou. Et aussi une grille qui paraît solidement fermée et qui nous barre le chemin !

Le contraste entre la violente lumière du dehors et l'obscurité du trou d'ombre a d'abord empêché les enfants de bien distinguer cette grille. Maintenant, ils la voient mieux. Elle se trouve à une certaine distance à l'intérieur et, quoique vieille et rouillée, elle en défend l'accès : elle est fermée par un gros cadenas.

— Ce cadenas est neuf, fait remarquer François.

— Dag nous a conduits directement ici, dit Claude. Smaïlo est certainement là-dedans ! Appelons-le !

Avant que les quatre cousins puissent lancer leur cri d'appel, une ombre se dresse à leur côté. Annie, surprise, laisse échapper un « Oh ! » d'effroi. Ce n'est heureusement que le brave Alcibiade qui, intrigué par les agissements des enfants et de Dagobert, les a suivis cette fois.

Le batelier regarde la grotte et la grille. Puis, hochant la tête, il explique tant bien que mal qu'il s'agit là d'un ancien repaire de contrebandiers.

— Plus personne elle vient ici, déclare-t-il en conclusion. La île, elle est sans personne dessus.

— Raison de plus pour que cet infâme Trakopoulos ait enfermé Smaïlo ici ! s'écrie Mick.

Et, sans plus hésiter, il se met à appeler à pleine voix, le visage collé à la grille :

— Smaïlo ! Hé ! Smaïlo !

Claude, François et Annie joignent leurs cris aux siens. Alcibiade, les yeux ronds, les regarde sans comprendre. Dag aboie de toutes ses forces. Et, soudain, la réponse surgit des profondeurs obscures de la caverne :

— Me voici ! Me voici !

Presque aussitôt, Smaïlo lui-même apparaît de l'autre côté de la grille. Il est pieds nus, les cheveux en désordre, la figure à la fois pâle et barbouillée de terre.

— Oh ! C'est vous ! C'est vous ! ajoute-t-il en tendant les bras à travers les barreaux. Sortez-moi vite de ce trou, je vous en supplie !

Annie, comprenant la nécessité de mettre Alcibiade au courant, entreprend de lui exposer l'essentiel de l'histoire : Smaïlo est leur ami. Un méchant homme l'a enlevé. Il faut le délivrer au plus tôt !…

Pendant ce temps, ses frères et Claude s'acharnent sur le cadenas pour essayer de l'ouvrir. Comme leurs efforts restent infructueux, Alcibiade tente à son tour de libérer le prisonnier. Mais le cadenas tient bon.

— Rien à faire ! soupire François. Ne perdons plus de temps. Nous avons retrouvé Smaïlo. À la police, maintenant, de le délivrer !

— Vite ! s'écrie Claude. Renvoyons Alcibiade au Pirée pour la prévenir et demander des renforts !

— Qu'il prévienne aussi Sylvie ! ajoute Mick.

93

— Nous pourrions écrire deux messages, suggère Annie.

Mick sort prestement un gros calepin de sa poche. Pendant que François rédige un billet destiné à la police, Claude écrit celui qui doit alerter Sylvie. Les jeunes détectives donnent toutes les précisions désirables quant à la position de l'îlot. Du reste, Alcibiade sera là pour montrer la route aux sauveteurs.

Les deux messages une fois prêts, les enfants expliquent bien au batelier ce qu'ils attendent de lui et l'exhortent à se hâter. En effet, si Trakopoulos s'avise de revenir en l'absence d'Alcibiade, la situation deviendra délicate.

— Je comprendre, affirme le Grec.

Et, avec application, il répète les instructions des quatre cousins : retourner rapidement au Pirée, avertir la police et porter le second billet à Mlle Sylvie Gerbay, à l'hôtel *Le Délos.*

C'est seulement après avoir vu disparaître Alcibiade que les Cinq se tournent à nouveau vers le pauvre Smaïlo.

Puisqu'il faut renoncer à le sortir de là et patienter jusqu'à l'arrivée des secours, autant en profiter pour lui faire raconter toute son histoire. Mais, auparavant, Claude lui révèle le complot qu'elle a surpris la nuit précédente entre M. Assendi et Trakopoulos, l'homme à la balafre. Elle lui relate également tout ce qui s'est passé depuis sa disparition.

— Tout s'explique ! soupire le jeune prisonnier. C'est en effet un homme portant une cicatrice au visage qui m'a enlevé.

— Mais comment ? demande Annie.

— Oh ! Vous savez que je me méfiais de tout, que j'étais constamment sur mes gardes… Eh bien, je n'ai pas été assez méfiant, voilà tout !

— Que s'est-il passé au juste ? s'enquiert François.

— Hier, quand nous avons débarqué dans la petite île près d'Égine, je marchais avec mon oncle, à l'arrière-garde des touristes. Nous venions d'atteindre le temple d'Apollon quand un homme revêtu d'un pittoresque costume grec a surgi de derrière un pilier. Il portait une corbeille de friandises. « Tiens ! dit mon oncle en s'arrêtant et en fouillant dans sa poche. Achetons des gâteaux au miel » … Le temps qu'il ait pêché quelques drachmes, les autres avaient pénétré dans le temple. Nous étions seuls avec le marchand. Alors, tout s'est passé en un éclair. L'homme a détaché la cape qui lui couvrait les épaules et me l'a jetée sur la tête. J'étouffais. J'ai bien essayé de crier mais l'étoffe arrêtait mes appels au secours. Comme je me débattais, j'ai senti qu'on me ficelait. Puis une voix m'a murmuré : « Tais-toi, ou gare ! » L'homme m'a alors chargé sur son épaule et m'a emporté.

— Cet homme, c'était bien Trakopoulos ? demande Mick.

— Il avait, en effet, une balafre au visage.

— Et où t'a-t-il emporté ? questionne Annie en frissonnant.

— J'ai cru deviner qu'il descendait une pente. Puis il m'a jeté dans un canot. J'ai senti le bercement du flot, puis j'ai entendu le clapotis de rames plongeant dans l'eau. Comme j'étais caché sous la cape, personne n'aurait pu imaginer un enlèvement, même si on nous avait vus. Mais je suis certain qu'aucun des touristes n'a aperçu le canot : ils étaient tous à l'intérieur du temple d'Apollon.

— Et ensuite ? dit Claude, impatiente, en voyant Smaïlo marquer une pause.

— Oh ! ensuite, nous avons débarqué ici, bien sûr ! Trakopoulos m'a conduit dans cette grotte. Il m'a détaché et puis il a fait une chose qui m'a paru curieuse : il m'a ôté mes sandales.

— Tu comprends pourquoi, à présent que nous t'avons tout raconté ! dit Mick. Il est retourné dans l'île d'Apollon et les a abandonnées au creux d'un rocher, après le départ des touristes.

— Et c'est là-bas que la police les a retrouvées… Et elle m'a cru noyé ! achève Smaïlo.

— Exactement ! dit Claude. Et sans Dago, nous ne t'aurions jamais retrouvé.

— Je lui dois une fière chandelle.

— Il préférerait un gros os ! réplique Claude en riant.

— Mais Dag n'aurait rien pu faire tout seul, continue Smaïlo dont les yeux brillent de larmes contenues… des larmes de reconnaissance. Sans vous quatre, mes amis, j'étais perdu !

Histoire de dissiper l'émotion générale, Mick lance :

— Hé ! Attends un peu avant de nous remercier ! Tu n'es pas encore libre. J'aimerais bien qu'Alcibiade se grouille.

— Se grouillât ! rectifie François machinalement.

Tous éclatent de rire. Cela les détend un peu. Ils en ont besoin. En effet, cette attente est éprouvante.

chapitre 10

*T*ous à l'eau

— Trakopoulos ne t'a pas dit quand il comptait revenir ? demande Claude à Smaïlo.

— Non. Il m'a seulement déclaré d'un air moqueur que je pouvais m'égosiller tant que je voudrais, que personne ne pourrait m'entendre. Je dormais quand vous êtes arrivés. J'étais à bout de forces.

— Comme ton oncle ne souhaite pas ta mort, fait remarquer Mick en fronçant les sourcils, peut-être Trakopoulos va-t-il revenir bientôt pour t'apporter à manger ?

— Je ne sais pas. Ce n'est pas certain. Il a laissé près de moi sa corbeille pleine de friandises.

— Mais tu n'as rien à boire ?

99

— Si. Une pleine outre d'eau.

— Bon ! Dans ces conditions, j'espère que la police arrivera ici avant son retour.

Un silence tombe. On n'entend que le chant des cigales.

L'ombre sinistre de Trakopoulos plane sur la petite île. Les enfants ne peuvent s'empêcher d'être inquiets. Cette inquiétude même, jointe à son impatience naturelle, pousse Claude à agir.

— Flûte ! s'écrie-t-elle brusquement. Nous n'allons pas rester ainsi, les bras croisés, sans rien faire. Après tout, nous sommes venus ici pour délivrer Smaïlo. Délivrons-le !

Ses cousins la dévisagent, ébahis.

— Mais ce cadenas…, commence François.

— Au diable le cadenas ! Regardez-moi cette grille rouillée ! Elle tient à peine debout. Empoignons les barreaux et tirons de toutes nos forces. Nous en viendrons peut-être à bout !

Galvanisés par les paroles et l'exemple de leur cousine, François, Mick et Annie se précipitent à sa suite sur la grille.

— Tirons fort et ensemble ! recommande Claude. Et toi, Smaïlo, pousse de ton côté !

Tous les cinq s'acharnent avec tant d'ardeur sur la grille que les prévisions de Claude se

100

réalisent, d'une certaine manière du moins…
En effet, si l'impétueuse fille se trompe quant à
la solidité des barreaux (qui résistent), elle voit
néanmoins ses efforts couronnés de succès :
le ciment qui fixe la grille au rocher, devenu
friable avec le temps, commence à céder.

Voyant le scellement bouger, les enfants
redoublent d'ardeur, encouragés par les
« Ouah ! Ouah ! » frénétiques de Dago. Enfin,
le ciment craque complètement et la grille,
arrachée par un assaut décisif, livre passage à
Smaïlo, fou de joie.

C'est alors un débordement d'allégresse.
Les enfants crient, chantent, rient. Dag bondit.

— Et maintenant, commence François,
une fois la gaieté générale un peu calmée. Et
maintenant…

Il s'interrompt pour prêter l'oreille… Le
bruit d'un canot à moteur trouble le silence
alentour.

— La police ! s'écrie Mick.

— Ou Sylvie et Alcibiade ! suggère Annie.

Claude, méfiante, contourne le roc et
jette un coup d'œil sur la mer. Pétrifiée, elle
murmure :

— C'est Trakopoulos !… Motorisé cette
fois et sans son déguisement folklorique…
Quelle tuile !

101

Smaïlo est devenu tout pâle. Les quatre cousins se regardent, angoissés. Puis ils se ressaisissent.

— Cette grotte ? demande vivement Claude à Smaïlo. Elle est profonde ?

— Oui… assez… Il y a un petit boyau… comme un resserrement… qui la prolonge au bout, sur quelques mètres, m'a-t-il semblé.

— Parfait. Nous allons tous nous enfourner là-dedans et nous y tenir cois !

— Tu es folle ! proteste Mick. Trakopoulos nous trouvera tout de suite.

— Ce n'est pas sûr ! En constatant que la grille a été abattue et comme par ailleurs il n'aura vu aucun bateau ancré à proximité, il pensera qu'on est déjà venu délivrer son prisonnier et que, l'oiseau envolé, la cage est vide. Il ne songera même pas à entrer. Venez ! Nous n'avons du reste pas le choix. Il n'y a aucune autre cachette sur cette île minuscule !

Smaïlo est le premier à suivre le conseil de Claude : il se précipite dans la grotte, les autres sur les talons.

Mick, à l'arrière-garde, s'arrête un instant pour écouter. Le bruit du moteur s'est tu : Trakopoulos doit être en train de débarquer.

— Pressez-vous ! souffle Mick à ses compagnons. Cette grosse brute va être ici en un rien de temps !

Smaïlo traverse presque au pas de course la grotte qui lui a servi de prison. Au passage, les Cinq aperçoivent, dans la pénombre, la couverture et les cordes que l'homme à la balafre a utilisées pour capturer le jeune Assendi.

Les quatre cousins frissonnent : à aucun prix il ne faut que Trakopoulos remette les mains sur sa victime… Annie, qui marche juste derrière Smaïlo, a un léger recul en le voyant s'engager dans un étroit boyau.

— Comme c'est sombre ! murmure-t-elle.

— Tant mieux ! réplique Claude. Nous serons mieux cachés !

— Et il y a juste la place pour nous faufiler !

— Épatant ! Comme ça, même si Trakopoulos flaire notre présence, il ne pourra pas nous suivre !

— C'est vrai ! dit Mick en ricanant. Mais il pourra nous enfumer comme des rats.

— Tais-toi, idiot ! ordonne François. Tu veux effrayer Annie ou quoi ?

— Oh ! Je n'ai pas peur ! affirme Annie vaillamment.

— Ouah ! lance Dag d'un air approbateur.

— Tais-toi aussi, Dag ! souffle Claude. Taisons-nous tous, d'ailleurs. Notre ennemi doit être tout près, maintenant, et le moindre bruit pourrait nous trahir.

Après s'être glissés dans le passage, les enfants s'immobilisent. Mais Claude n'est pas satisfaite. On n'a pas atteint le fond du boyau et elle tient à savoir s'il finit ou non en cul-de-sac.

— Avance encore, Smaïlo ! chuchote-t-elle. Et fais le moins de bruit possible !

Smaïlo, habitué à l'obéissance, reprend sans discuter sa marche silencieuse. Annie, sur ses talons, trébuche parfois dans l'obscurité.

Claude s'énerve. Si l'étroitesse du couloir ne l'en empêchait pas, elle passerait en tête de la petite colonne. Soudain, Smaïlo murmure :

— Je sens de l'air !

— Moi aussi ! s'exclament à la fois Claude et Annie.

— C'est vrai ! constate à son tour François. Il y a peut-être une issue quelque part !

Pleins d'espoir, les enfants avancent encore. Le boyau tourne, presque à angle droit, à deux reprises. Et, la seconde fois, les fugitifs retiennent un cri de joie : devant eux la lumière du jour jaillit d'un trou creusé dans le roc.

— Nom d'un chien ! lance Mick presque aussitôt. C'est à peine si Dag pourrait sortir par là !

— Essayons d'élargir l'ouverture ! propose Claude qui ne doute jamais de rien.

— C'est du roc ! rappelle Smaïlo.

Mais Dag s'est déjà élancé à travers l'ouverture et, comme s'il avait compris que Claude ne pourra le suivre par l'étroit orifice, se met à gratter autour avec ardeur.

— Ce n'est pas du roc mais de la caillasse ! s'écrie François, tout heureux. Vite, vite ! Aidons Dago… mais en sourdine de préférence !

Le boyau s'élargissant brusquement en face du trou, les cinq fugitifs peuvent travailler ensemble de l'intérieur, tandis que Dag s'active au-dehors. Annie, à quatre pattes, n'est pas la moins acharnée à agrandir l'ouverture. Soudain, Claude s'avise que la jolie chevelure blonde de sa cousine balaie le sol.

— Attache donc tes cheveux, Annie ! murmure-t-elle.

— Je ne peux pas ! répond sa cousine distraitement. J'ai perdu ma barrette et son ruban juste avant d'entrer dans le passage.

— Tu as perdu… ?

— Oui. Et comme nous étions pressés, je ne me suis pas arrêtée pour les ramasser.

Annie s'avise soudain que ses frères et sa cousine ont cessé de creuser et la regardent d'un air consterné. Ce n'est pas souvent qu'Annie commet une faute. Brusquement elle se rend compte de ce qu'elle a fait.

— Oh ! dit-elle en pâlissant. Si Trakopoulos inspecte la grotte et découvre tout au fond ma barrette et le ruban…

— Il devinera que Smaïlo et ses sauveteurs se trouvent sans doute moins loin qu'il ne le croyait ! achève Mick avec une grimace.

François impose silence à tous en levant la main. Dag s'est arrêté de gratter et, repassant par le trou, gronde sourdement, le poil hérissé et le museau tourné vers l'obscurité du boyau… Au loin, un bruit de pas précautionneux éveille des échos dans le souterrain. François murmure :

— C'est certainement Trakopoulos. Il a réussi à pénétrer dans le boyau.

— Raison de plus pour sortir d'ici au plus tôt ! s'écrie Claude.

Et, sans plus se soucier du bruit qu'elle peut faire, elle se rue sur un gros morceau de rocher qui obstrue la sortie et l'arrache d'un coup sec. Cet exploit est suivi d'une cascade de petites pierres, au milieu d'un superbe nuage de poussière. Sans attendre, Claude essaie de passer… et se retrouve dehors. Annie, Smaïlo, Mick et enfin François la suivent. Dag les a tous précédés !

Les enfants émergent en plein soleil, poussiéreux, les mains écorchées, mais libres !

— Libres, mais peut-être pas pour long-temps ! grommelle Mick. Si Trakopoulos nous rattrape…

— Eh bien, tant pis ! coupe Claude, toujours intrépide. Après tout, nous sommes sept contre lui.

— Sept ? répète Smaïlo, surpris.

— Dame ! Dagobert compte pour deux !

— Mais ce gredin est peut-être armé, objecte François. S'il nous menace d'un pistolet, nous ne pourrons rien faire.

— C'est bien pour ça qu'il vaut mieux ne pas l'attendre ! déclare Claude. Filons, et en vitesse !

Annie ouvre tout grands ses yeux bleus.

— Filer ? Où ça ? Tu dis toi-même qu'il n'y a pas d'autre cachette que la grotte dans cette île.

— Qui parle de se cacher ici ? Nous allons partir à la nage… jusqu'à l'île d'Apollon. C'est à deux cents mètres à peine. Là-bas, nous nous dissimulerons dans les ruines du temple. Trakopoulos ne saura pas où nous chercher.

— Tu rêves ! Il nous verra traverser et aura vite fait de nous rattraper avec son canot.

— Justement ! Il ne faut pas qu'il nous voie ! réplique Claude. Et nous avons un moyen bien simple de l'en empêcher. Rebouchons vite le trou.

— Impos… ! commence François.

Il s'arrête net en voyant sa cousine indiquer du doigt un énorme rocher, en équilibre juste au bord du trou.

— Vite ! s'écrie Mick qui a compris lui aussi. Poussons ce gros truc tous ensemble ! Vite ! Vite !

Cinq paires de jeunes bras bien musclés se raidissent en un effort commun qui a ce magnifique résultat : avant que Trakopoulos ait atteint le second tournant du boyau, l'issue « de service » – comme l'a baptisée Annie – se trouve hermétiquement bloquée. Dans le souterrain redevenu obscur, l'homme à la balafre doit se poser des questions… sans trouver les réponses !

— Et maintenant, tous à l'eau ! dit François.

Claude, Mick et Dag ont déjà dégringolé jusqu'au rivage et piqué une tête dans la mer.

François, Annie et Smaïlo les suivent sans hésiter. Le courant, favorable à leur projet, les pousse vers l'îlot, couronné du temple d'Apollon, où Trakopoulos s'est emparé de Smaïlo la veille.

Déjà, les Cinq et le jeune Assendi peuvent espérer aborder sans avoir été aperçus quand Annie, ayant regardé derrière elle, jette un cri d'effroi. Là-bas, sur le rivage, Trakopoulos brandit vers le groupe des nageurs un index menaçant.

— Après être sorti de la grotte, dit Mick à Claude, il a dû faire le tour de l'îlot et nous apercevoir. Quelle guigne !

— C'est ici que les ennuis vont commencer ! réplique Claude.

— Hâtez-vous ! crie François dans leur dos. Le bandit va essayer de nous rattraper avec son canot.

Dag nage aux côtés de Claude. Annie et Smaïlo avancent plus lentement que François, qui revient auprès d'eux pour les encourager. Enfin, les uns après les autres, les fugitifs abordent l'île d'Apollon.

— Puisque notre ruse a échoué et que nous sommes repérés, dit Claude, mieux vaut carrément livrer bataille. Pas vrai, Dag ? Tu as déjà prouvé qu'un ennemi, même armé, ne te faisait pas peur ! Parions que tu ne feras qu'une bouchée du Trakopoulos !

— Hum ! fait François, soucieux. Cet individu me semble plutôt coriace. Il pourrait y avoir des dégâts !

— Dans ce cas, les dégâts seront pour lui seul ! jette Claude durement.

— Ce n'est pas certain ! soupire Smaïlo. Oh ! Comme je regrette de vous avoir entraînés, bien malgré moi, dans une aventure aussi dangereuse !

— Veux-tu te taire ! proteste Mick. Tu en aurais fait autant pour nous, n'est-ce pas ?

— Attention ! lance Annie dans un souffle. Voilà l'ennemi !

Déjà, le canot à moteur pétarade entre les deux îlots.

François décide brusquement :

— Avant d'attaquer, comme tu dis, Claude, essayons toujours de gagner du temps. Dans l'intervalle, peut-être les renforts arriveront-ils. La distance qui sépare les deux îles n'est pas grande. Nous crierons. On nous entendra. Trakopoulos prendra peur et…

— Bonne idée ! coupe Mick. Dépêchons-nous ! Ce diable de Grec est déjà là !

Les enfants grimpent à toute allure le raidillon conduisant au temple d'Apollon.

110

— Là-haut, dit encore François, nous joue-rons à cache-cache parmi les ruines. Rappelez-vous qu'il s'agit de gagner du temps.

— Et c'est bien le diable, grommelle Claude entre ses dents, s'il ne nous vient pas quelque bonne idée pour triompher de l'adversaire !

À peine arrivés au sommet de l'éminence où se dressent les ruines du temple, les fugitifs s'aperçoivent que Trakopoulos, qui avance à grandes enjambées parmi les maigres buis-sons, est déjà à moitié pente.

— Nom d'un pétard ! C'est le coureur de Marathon ! marmonne Mick, presque admiratif.

— Chut ! dit Annie. Cachons-nous vite !

— Mais pas tous au même endroit ! recom-mande François. Dès qu'il aura repéré l'un de nous, que les autres tâchent de détourner son attention !

— Compris ! chuchotent en chœur ses compagnons.

chapitre 11

Bravo, Dagobert !

Trakopoulos atteint à son tour le petit plateau où s'élève le temple d'Apollon. Il regarde autour de lui. Rien ne bouge. Aucun des enfants ne se montre.

Soudain, Annie, qui s'est blottie derrière une colonne à demi écroulée, aperçoit un lézard qui avance droit sur son orteil rose, à découvert dans ses sandales à lanières. Malgré elle, au contact du petit reptile, la fillette pousse un léger cri.

Immédiatement, Trakopoulos court vers elle. Mais, avant qu'il ne la rejoigne, Claude lance Dag dans les jambes du bandit.

— Vas-y, Dag ! Fais-le tomber !

Dag comprend très bien. Il file comme un lapin devant le misérable, coupant son élan

113

et le faisant trébucher. Trakopoulos s'étale de tout son long, le nez dans une touffe de lentisques. Annie éclate de rire et, bien avant qu'il ne se soit relevé, disparaît parmi les ruines.

Trakopoulos se remet debout en maugréant. Mick, amusé de sa mine furieuse, ne peut retenir un gloussement de joie. Cela suffit à le faire repérer... Le bandit se tourne dans sa direction... et s'étale une fois de plus : Dag, surgi d'il ne sait où, vient de répéter son numéro de cirque.

Le manège se renouvelle à plusieurs reprises encore. Il est assez malaisé, pour les enfants, de rester longtemps dissimulés aux yeux du bandit qui les cherche en se déplaçant sans cesse, les obligeant ainsi à changer de cachette. Mais, chaque fois que Trakopoulos repère l'un des fugitifs, Dag s'élance comme une flèche et le fait tomber.

La fureur croissante du bandit se retourne contre le chien qu'il cherche à saisir au passage.

Peine perdue ! Dago lui glisse entre les doigts et semble se moquer de lui.

C'est alors que Mick a une idée.

Il rampe jusqu'à François et lui parle à l'oreille. Puis les deux garçons se dirigent

114

vers Annie et lui font signe de se joindre à eux. Enfin, ils parviennent jusqu'à l'endroit où Claude et Smaïlo, côte à côte derrière un pan de mur, surveillent Trakopoulos aux prises avec Dagobert. Claude sourit.

— Cette brute n'est pas armée, murmure-t-elle. Et Dag est malin comme un singe !

— Écoute, dit Mick dans un souffle. À mon tour d'avoir une idée ! Essayons de filer dans le canot du bandit !

— Épatant ! s'écrie Claude à mi-voix. Dépêchez-vous de descendre jusqu'à l'endroit où Trakopoulos a laissé son bateau. Moi, je me charge de l'amuser et de le retenir ici avec Dag.

— Non ! coupe François avec autorité. Tu viens avec nous.

— Bien sûr, mais pas tout de suite. Filez les premiers… et faites-moi confiance.

François hésite…

Cependant, la brillante idée de Mick ne peut réussir qu'en agissant vite. Pour peu que Trakopoulos se doute du plan des enfants, il aura tôt fait de leur couper la route. Par ailleurs, Claude paraît sûre d'elle. François cède.

— Très bien ! dit-il. Mais dépêche-toi de nous rejoindre.

— Entendu !

Par bonheur, les aboiements de Dag et les jurons de Trakopoulos, qui cherche à empoigner le chien pour s'en débarrasser une fois pour toutes, couvrent les chuchotements des jeunes conspirateurs.

À l'abri des maigres buissons et des rochers parsemant la colline, les trois garçons et Annie amorcent avec précaution leur mouvement de descente.

Quand Claude estime qu'ils sont presque arrivés à la crique, elle ramasse un gros caillou et, avec soin, vise Trakopoulos à la tête.

Il lui tourne le dos – ce qui lui permet de bien ajuster son coup. L'homme reçoit la pierre sur le crâne. Il chancelle et tombe, à moitié assommé. Alors, Claude crie à Dag :

— Attaque, mon chien ! Attaque !

Dago ne se le fait pas répéter. Jusque-là, il s'est contenté d'amuser l'adversaire, selon les instructions de sa jeune maîtresse. Maintenant, il ne demande pas mieux que de prouver au bandit la solidité de ses crocs…

À peine Claude lui a-t-elle ordonné d'attaquer, qu'il les enfonce joyeusement dans le mollet du Grec. Le bandit hurle.

Alors, sans plus de précautions, Claude se relève et dévale à toutes jambes la pente aboutissant à la plage. Ses cousins et Smaïlo, qui sont vivement montés à bord du canot de Trakopoulos, mettent le moteur en route dès qu'elle les a rejoints.

Un peu essoufflée, Claude crie aussi fort qu'elle peut, dans ses mains disposées en porte-voix :

— Daggg ! Dagooo ! Viens vite !

C'est presque à regret que Dago abandonne le bandit. Non pas que les mollets de Trakopoulos soient particulièrement savoureux ! Mais comme il n'a eu le temps que d'en goûter un seul, il aimerait bien mordre dans l'autre pour faire la comparaison.

Hélas ! L'appel de Claude est impératif… Le chien dresse donc les oreilles, ouvre les mâchoires et, abandonnant sa victime, file comme un dératé vers la crique. Trakopoulos n'a vraiment pas le cœur de le suivre. En cet instant, on peut même assurer qu'il se moque pas mal des fugitifs, de M. Assendi et de tout le reste.

Il ne pense qu'à deux choses, très personnelles : sa tête, qui lui fait horriblement mal, et sa jambe, qui enfle déjà et où les crocs de Dag s'inscrivent en une double empreinte sanglante.

Cependant, un bruit le rend au sentiment de la réalité : celui d'une pétarade de moteur... Boitant bas, le triste individu s'approche du péristyle à demi effondré du temple et, à travers les colonnes, aperçoit son propre canot qui file vers l'îlot voisin.

Le bandit étouffe un cri de rage. Smaïlo Assendi et ses amis s'enfuient alors que lui-même demeure prisonnier dans l'île d'Apollon. Il a été joué par des enfants. Le misérable en pleurerait !

Du bateau, les Cinq et Smaïlo l'aperçoivent.

— Ouah ! fait Dag en remuant la queue d'un air de triomphe.

Claude le presse contre elle.

— Félicitations, mon chien ! dit-elle avec fierté. Tu t'es merveilleusement débrouillé !

— Et Mick a eu une idée de génie ! lance Annie.

— Et Claude a splendidement manœuvré ! ajoute François.

— Bref, nous sommes tous des génies et des héros ! conclut Annie avec drôlerie.

— Vous êtes surtout mes sauveurs ! déclare gravement Smaïlo, qui a les yeux pleins de larmes. Et, cela, je ne l'oublierai jamais !

Derrière eux, en un geste de menace dérisoire, Trakopoulos, vaincu, tend le poing dans leur direction...

Comme le canot approche de l'îlot qui a servi de prison à Smaïlo, François propose :

— Pourquoi attendrions-nous ici l'arrivée de la police et le retour d'Alcibiade avec Sylvie ? Ce canot a assez de carburant pour rentrer au Pirée, il me semble ! Et il y a encore des bidons dans le coffre.

— Bonne idée ! s'écrie Smaïlo avec entrain.

Il n'a nulle envie de revoir sa prison. Les autres se rallient également à l'avis de François.

Or, à peine ont-ils dépassé l'îlot qu'Annie s'écrie, toute joyeuse :

— Voici les renforts !

Elle ne se trompe pas. Deux bateaux viennent à leur rencontre. Ce sont deux vedettes de la police. À bord de l'une d'elles, les enfants reconnaissent Sylvie et le brave Alcibiade.

À la vue des Cinq et de Smaïlo, Sylvie, brusquement radieuse, se met à faire de grands gestes. Puis elle murmure quelque chose à l'un des officiers de police à côté d'elle.

La vedette vient se ranger bord à bord avec le canot des fugitifs dont François vient d'arrêter le moteur.

— Ce sont eux ! explique vivement Sylvie. Smaïlo Assendi et mes jeunes compagnons ! Oh ! Capitaine ! Ils l'ont délivré !

119

Elle s'exprime de manière un peu incohérente tant sa joie est grande. L'officier de police parle un français correct.

— S'il vous plaît, dit-il, débarquons sur cet îlot. Nous y serons mieux pour causer. Et puis… je veux visiter les lieux où ce jeune homme a été séquestré…

Docilement, François remet le cap sur le rocher-prison. Une fois là, Claude se charge des explications détaillées. Au fur et à mesure qu'elle parle, le visage des policiers exprime tout à la fois l'incrédulité et l'émerveillement.

— On croirait un conte de fées ! murmure le capitaine.

— Ou plutôt une de ces aventures comme on en voit au cinéma, rectifie Sylvie.

Mais quand Claude termine son récit en révélant que Trakopoulos est resté prisonnier dans l'autre île, Alcibiade laisse éclater sa joie. Il saute d'un pied sur l'autre et se donne de grandes tapes sur les cuisses.

— Ha, ha, ha ! Le bandit, elle être prise ! C'est bon, l'emprisonneur être prisonnier à son tour !

Sylvie s'inquiète cependant. Elle demande au capitaine :

— Le témoignage de Smaïlo contre ce Trakopoulos sera-t-il suffisant pour que vous inculpiez ce misérable d'enlèvement et de séquestration ?

— Certainement ! répond le capitaine. Du reste, il y a également le témoignage de ce jeune homme (il désigne Claude) et de ses amis.

— Ce jeune homme s'appelle Mlle Dorsel, rectifie Sylvie en souriant. Et ses amis sont ses cousins Gauthier.

Le visage de l'officier de police s'éclaire. Il semble tout à la fois très étonné et absolument ravi. À la grande surprise des jeunes détectives, il s'écrie avec chaleur :

— Claude Dorsel et les jeunes Gauthier ! Mais je les connais de réputation ! Je me trouvais en France au moment où les journaux ne parlaient que d'eux ! N'ont-ils pas réussi à démasquer l'insaisissable Masque Noir[1] ?

— C'est cela même ! répond Sylvie, très fière de ses jeunes amis. Et voici le célèbre chien Dagobert !

Les jeunes détectives, un peu gênés de tant d'éloges, détournent la conversation.

---

1. Voir, dans la même collection, *Les Cinq contre le Masque Noir*.

— Allez-vous arrêter Trakopoulos tout de suite ? demande Mick avec intérêt.

— Bien sûr ! Et sans perdre une minute, encore !

— S'il vous plaît, questionne à son tour Claude. Pouvons-nous vous accompagner ?

L'officier de police paraît hésiter, puis il sourit.

— Pourquoi pas ? réplique-t-il. Après tout, il est naturel que vous assistiez à l'arrestation du coupable. Entendu ! Allons-y tous ensemble… !

Les enfants et Dag montent dans l'une des vedettes tandis que l'autre prend le canot du bandit en remorque.

La courte traversée ne demande que quelques minutes. Chemin faisant, Mick s'enquiert :

— Et M. Assendi ? Pourra-t-on le confondre aussi facilement que Trakopoulos ?

— Ce sera plus difficile, admet le capitaine. Il faudrait pouvoir établir sa complicité avec le bandit. Or, peut-être Trakopoulos refusera-t-il de le dénoncer ? En ne trahissant pas le patron dont il exécutait les ordres, il peut espérer que celui-ci le dédommagera largement par la suite, à sa sortie de prison. Le silence est parfois payant !

Smaïlo est devenu tout pâle.

— Autrement dit, murmure-t-il, on va me rendre à mon oncle… Je retomberai en son pouvoir…

— Il faudrait des preuves ! répète le capitaine, à la fois gêné et confus.

Mais déjà on arrive… Les policiers, suivis des Cinq, de Smaïlo et de Dag, grimpent jusqu'au temple d'Apollon. Ils y trouvent un Trakopoulos fort déconfit et en piteux état. Son mollet a doublé de volume.

Le retour de Dag paraît le terroriser plus encore que la vue des policiers.

— Éloignez cet animal ! crie-t-il à Claude. Empêchez-le de me mordre. C'est un démon !

Devant sa terreur, Claude semble avoir une brusque inspiration.

— Au contraire, dit-elle d'un air féroce. Je vais lâcher mon chien sur vous et lui ordonner de vous sauter à la gorge… à moins, bien entendu, que vous nous révéliez exactement vos rapports avec M. Assendi !

Le capitaine, comprenant la ruse de Claude, vient à la rescousse.

— Et si vous dénoncez votre patron, déclare-t-il, la justice vous en tiendra compte. Les responsabilités étant partagées, votre temps d'emprisonnement sera plus court !

Comme Trakopoulos paraît hésiter, Claude feint de mettre sa menace à exécution. Elle se penche sur Dagobert qui, se prêtant d'instinct au jeu, retrousse déjà ses babines sur ses crocs luisants.

— Allons, Dag ! Prépare-toi... À mon commandement, saute-lui à la gorge ! Une... deux...

— Arrêtez ! hurle le misérable. Oui, oui ! Je dirai tout !

Et, en grec cette fois, et à toute vitesse, il fait une déclaration qui accuse M. Assendi d'avoir ordonné et combiné l'enlèvement de son neveu. Lui-même, insiste-t-il, n'est que l'instrument du cerveau... le simple « bras qui agit ».

Le capitaine traduit tout cela en français à Sylvie et à ses compagnons.

Smaïlo, qui a retrouvé son sourire et perdu sa mine de chien battu, se jette au cou de Claude.

— Grâce à toi, mon méchant oncle ne me reprendra pas ! On me confiera sans doute à mon subrogé tuteur, qui est un très chic type !

Annie, elle, se contente d'un petit commentaire personnel qui fait rire tout le monde... sauf Trakopoulos :

124

— Si je comprends bien, dit-elle, « le bras qui agit » va se retrouver en prison et « le cerveau qui commande » ira sans doute lui tenir compagnie.

Les policiers, entraînant le pitoyable bandit, reprennent avec les enfants, Sylvie, Alcibiade et Dag le chemin du Pirée.

Jamais, semble-t-il aux enfants, le soleil n'a brillé aussi chaleureusement dans le ciel sans nuages…

Les vacances touchent à leur fin. La croisière n'est plus qu'un souvenir. Réunis à Kernach en cette dernière journée de congé, Claude et ses cousins, ce matin-là, jouent gaiement sur la plage.

Dag, déchaîné, cherche à attraper le ballon que François, Mick, Annie et Claude se passent de l'un à l'autre. L'air résonne de cris joyeux, de rires, et d'aboiements à n'en plus finir…

Soudain, une cloche tinte au loin.

— Ah ! dit Claude en s'arrêtant net. Voici Maria qui nous invite à passer à table !

— Dépêchons-nous ! s'écrie Mick qui est très gourmand. Il y a des crêpes au dessert !

— Oui, hâtons-nous ! dit plus calmement François. Oncle Henri aime bien que nous soyons à l'heure.

125

— Nous avons juste le temps de nous laver les mains et de nous repeigner ! fait remarquer Annie.

En arrivant à la villa des *Mouettes*, les Cinq aperçoivent la maman de Claude qui les attend sur le seuil.

— Vite, mes enfants ! Il y a une surprise pour vous ! annonce-t-elle. Voici une lettre et un paquet qui viennent tout droit de Turquie !

— Smaïlo ! s'écrie Claude, tout heureuse.

On accorde dix minutes de grâce aux quatre cousins pour leur permettre de lire leur lettre. Elle émane bien du jeune Assendi :

« *Je suis choyé comme un coq en pâte par ma famille turque*, écrit Smaïlo. *Tous mes soucis sont envolés. Mon oncle a été jugé et condamné. Trakopoulos aussi. Grâce à vous, je ne vis plus dans la crainte et je vous en remercie du fond du cœur. Par ce même courrier, je vous envoie à chacun un petit souvenir qui, je l'espère, vous fera plaisir...* »

Le paquet, déballé dans l'enthousiasme général, contient : un recueil, somptueusement relié, de contes turcs, traduits en français, pour François ; un couteau multi-lames en argent massif finement ciselé pour Mick ; une trousse à broder aux soies cha-toyantes pour Annie ; et, pour Claude, une boîte à musique en forme de temple grec.

Tout au fond du colis, il y a même un os en caoutchouc pour Dago. En guise de plai-santerie, Smaïlo a écrit dessus : « Tibia de Trakopoulos ». Dagobert ne sait pas lire mais il doit se douter de quelque chose car c'est avec entrain qu'il mord dedans ! C'est presque aussi amusant que de croquer les mollets du bandit grec dont le nom, si fort à propos, se termine en… os !

*Q*uel nouveau mystère
le *C*lub des *C*inq
devra-t-il résoudre ?

**Pour le savoir,
regarde vite la page suivante !**
●●●●●●●●●●●●●●●●●●

Claude, Dagobert et les autres sont prêts à mener l'enquête

Dans le prochain tome de la série :
Les Cinq jouent serré

Cet été, les parents de Claude hébergent un célèbre savant et son fils. Bientôt, les Cinq découvrent que ces deux invités ont une attitude suspecte... Pire, ils découvrent que le jeune Alfy brutalise Dago ! Pour mener l'enquête, la petite bande devra jouer serré...

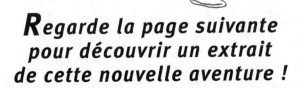

Regarde la page suivante pour découvrir un extrait de cette nouvelle aventure !

chapitre 1

Gare aux colloques !

Claude et ses cousins jouent sur la plage de Kernach, en contrebas des *Mouettes,* la villa des Dorsel. Tous quatre trottent de front, en se passant de l'un à l'autre une grosse balle. Jeu simplet de prime abord, mais qui réclame une grande précision de l'œil et du geste. Pendant que Claude, François, Mick et Annie s'amusent ainsi, Dagobert court au ras des vagues, de toute la vitesse de ses pattes, et fait fuir les mouettes en aboyant.

Les enfants en ont assez de jouer. Ils se laissent tomber sur le sable, au pied des dunes. Dago vient se coucher, haletant, près de Claude.

131

— Ouf ! dit celle-ci. C'est bon d'être en vacances et de pouvoir s'amuser autant qu'on veut !

— Profitons-en, conseille François, avant l'arrivée des touristes de l'été. Oncle Henri affirme que, d'ici huit jours, il y aura foule.

— Outre l'invasion des vacanciers, fait remarquer Mick, il y aura celle des savants dont la presse parle tant depuis quelques jours.

— C'est vrai ! dit Annie. Avec les prochains coco… cocollo… collopoques scientifiques, les hôtels seront pleins à craquer.

Claude et Mick se tordent de rire. François sourit à sa jeune sœur.

— Essaie de retenir le mot exact, Annie. Il s'agit de : « colloques ». Col-lo-ques, tu comprends ?

— Oh ! J'oublie toujours, mais je sais bien ce que ça signifie ! proteste la petite fille. C'est une espèce de congrès. Et celui qui se tiendra à Saint-Jusan, près de Kernach, doit réunir un tas de savants très calés.

— Des sommités mondiales, précise Mick, envoyées par différents pays, et qui ont besoin d'un coin tranquille pour discuter en paix de leurs travaux.

Les yeux de Claude se mettent à briller.

— Au fait, j'ai une surprise pour vous ! annonce-t-elle à ses cousins. Papa, « le célèbre Henri Dorsel » comme disent les journaux, fait partie du groupe des savants qui, durant plusieurs jours, animeront les colloques. Cela, vous le savez ! Mais voici du neuf : comme les hôtels du coin ne sont pas assez nombreux pour héberger les savants étrangers, ceux-ci seront obligés de loger chez l'habitant. Le plus célèbre d'entre eux, que papa désire connaître depuis longtemps, descendra à la maison !

Les trois Gauthier écarquillent les yeux.

— Un savant étranger aux *Mouettes* ? s'écrie Mick.

— Et pas n'importe lequel, tu sais ! Le professeur Nicolas Kodkol en personne !

Annie elle-même sait qui est le célèbre Kodkol... Né en Varanie – un petit pays d'Europe centrale –, cet éminent homme de science a deux passions dans la vie : son fils Alfy et la Découverte scientifique (avec un grand D) !

— Le professeur et son fils viennent en France pour la première fois, explique encore Claude. Nous les recevrons tous deux à la maison. Le garçon a dix-sept ans.

— Nous nous en ferons un ami ! décide Mick avec assurance.

— Pour cela, dit Claude, il faudrait qu'il soit plus sociable que son père. Le professeur passe pour être un ours mal léché, bourru et ne parlant pour ainsi dire pas.

— Eh bien ! Ça va être gai ! soupire Mick.

— En revanche, poursuit Claude, ce brave homme possède, paraît-il, un cœur d'or.

— Espérons, déclare François d'un ton optimiste, que le savant au grand cœur aura un fils aimable à qui nous plairons ! Et maintenant, à l'eau !

Au milieu de cris et d'aboiements joyeux, les Cinq se précipitent dans les vagues.

Le lendemain, réunis autour de la télévision, les quatre cousins assistent à l'arrivée de l'avion des Kodkol à l'aéroport de Roissy. Avec l'intérêt que l'on devine, ils voient le vieux savant descendre la passerelle…

— C'est vrai qu'il a l'air d'un ours ! glisse Annie en sourdine.

Elle contemple un moment l'épaisse tignasse hirsute et les gros sourcils du professeur que les journalistes entourent, elle écoute sa grosse voix, puis ajoute avec conviction :

— Et pourtant, je le trouve sympathique.

— Sûr, qu'il est sympa ! renchérit Mick. Presque autant que son fils !

Le jeune Alfy, qui sourit à côté de son père, est un garçon blond, mince, avec du rêve au fond des yeux. On voit très bien les voyageurs, en gros plan. Avec satisfaction, les enfants notent que tous deux parlent couramment le français.

Claude explique :

— Ils vont passer la soirée et la nuit à Paris. Mais demain matin, papa et deux autres savants du congrès iront les chercher sur le terrain d'aviation voisin où ils doivent arriver par avion-taxi. C'est un événement ! Ils quittent si rarement la Varanie !

— Crois-tu qu'oncle Henri nous autorisera à l'accompagner ? demande François.

— Bien sûr, mon garçon ! fait la voix de M. Dorsel derrière les enfants. Si cela peut vous faire plaisir... Mais comme il n'y aura pas de place pour tout le monde dans ma voiture, allez donc à l'aéroport à vélo ! Cela vous fera une promenade !

Les enfants n'en demandaient pas plus. Le lendemain matin, se tenant discrètement avec Dag à l'arrière-plan des « officiels », ils assistent à l'arrivée des deux Varaniens qu'accueillent M. Dorsel et ses collègues. Un peu plus tard, en rentrant aux *Mouettes* à toutes pédales, Claude fait part de ses réflexions à ses cousins.

— Je suis un peu déçue, avoue-t-elle. Les Kodkol père et fils me semblent moins sympathiques « en chair et en os » que sur le petit écran.

— Bah ! dit François. Tu les as à peine aperçus. Tout à l'heure, à la maison, nous les verrons de plus près. Il sera temps alors de nous faire une opinion.

Arrivés à la villa, les Cinq trouvent M. et Mme Dorsel en train de prendre l'apéritif avec leurs hôtes. Le père de Claude fait les présentations. Claude présente elle-même Dago. La poignée de main des deux Varaniens est chaleureuse. Le vieux savant a même un mot aimable pour Dag. Quant à Alfy, il dédie au petit groupe son sourire le plus éblouissant.

Le déjeuner réunit tout le monde autour d'une table bien garnie. Maria, la cuisinière des Dorsel, s'est surpassée. Les deux savants sont bientôt plongés dans une discussion professionnelle.

M. Dorsel, à son affaire, parle avec animation. Nicolas Kodkol, justifiant ainsi sa réputation d'ours taciturne, se contente d'écouter ou de répondre par monosyllabes.

En revanche, Alfy se met visiblement en frais pour plaire aux enfants. Il est d'une grande simplicité et s'applique à se mettre au niveau de ses cadets. François et Mick pensent d'emblée que c'est « un garçon sympa ». Annie, qui le trouve beau, l'admire et l'écoute avec ravissement. Seule Claude ne semble pas détendue en sa présence.

Elle ne s'explique pas pourquoi.

— Je trouve qu'il en fait trop ! finit-elle par déclarer à ses cousins dès qu'elle se retrouve seule avec eux. Son père est plutôt rude, mais lui… il est presque trop gentil !

Mick s'esclaffe.

— Ça, c'est un comble ! On se demande, ma vieille, ce qu'il faut faire pour te plaire. Alfy est drôlement chouette. En voilà un qui n'affiche pas de grands airs. Son père est pourtant un savant...

— Mon père aussi est un savant, rétorque Claude. Et je ne prends pas de grands airs moi non plus. Ce que je veux dire, c'est que cet Alfy...

— Ouah ! coupe Dag tout net.

Claude regarde son chien. Il a les yeux brillants et remue la queue avec allégresse.

— Alfy lui a donné un biscuit ! explique Annie.

— Allons, bon ! grommelle Claude. Si je comprends bien, je suis la seule à ne pas

137

trouver ce type « super génial » ! Bon ! Bon !
D'accord ! Il est « ultra sympa » et nous allons
faire « ami ami » avec lui !

En moins de quarante-huit heures, c'est
chose accomplie. Alfy ne quitte pour ainsi
dire plus ses jeunes camarades. Il s'est pro-
curé une bicyclette et roule complaisam-
ment en compagnie des Cinq qui prennent
plaisir à lui faire les honneurs de Kernach et
de ses environs : marché pittoresque, ruines
moyenâgeuses, curiosités locales, etc.

Malgré tout, vivant en contact étroit avec les
hôtes de ses parents, Claude s'obstine à éprou-
ver une étrange impression en leur présence.
L'atmosphère qui entoure les deux hommes
lui semble singulière... comme un peu irréelle.

— C'est parce qu'ils sont étrangers, sans
doute, fait remarquer François un soir où
elle lui expose son point de vue. Pourtant,
moi aussi, par moments, je ne me sens pas
tellement à mon aise avec eux.

— Au fond, je pense comme vous, avoue
brusquement Mick. J'ai beau m'en défendre,
c'est plus fort que moi. Alfy me paraît heu
je cherche le mot exact truqué ! Oh ! C'est
idiot, en fait, de dire ça ! Un homme ne peut
pas être truqué...

Claude fronce les sourcils. Le qualificatif choisi par son cousin correspond bien au personnage d'Alfy. Truqué Mais cela ne signifie rien sinon peut-être que le jeune Varanien fait un peu trop d'efforts pour être aussi cordial, aussi copain...

— Je ne vais tout de même pas lui reprocher de vouloir se montrer aimable ! bougonne-t-elle tout bas.

Seuls, Annie et Dag (qu'Alfy bourre de sucreries) continuent sans la moindre arrière-pensée à bayer d'admiration devant le jeune Kodkol.

Alfy, cependant, avec ses cheveux blond pâle, ses yeux bleus et son éternel sourire, passe soudain au second plan des préoccupations de François, Claude et Mick... Un autre sujet d'intérêt vient en effet les distraire…

Pour connaître la date de parution de ce tome, inscris-toi vite à la newsletter du site :
www.bibliotheque-rose.com

Les as-tu tous lus ?

1. Le Club des Cinq et le trésor de l'île

2. Le Club des Cinq et le passage secret

3. Le Club des Cinq contre-attaque

4. Le Club des Cinq en vacances

5. Le Club des Cinq en péril

6. Le Club des Cinq et le cirque de l'Étoile

7. Le Club des Cinq en randonnée

8. Le Club des Cinq pris au piège

9. Le Club des Cinq aux sports d'hiver

10. Le Club des Cinq va camper

11. Le Club des Cinq au bord de la mer

12. Le Club des Cinq et le château de Mauclerc

13. Le Club des Cinq joue et gagne

14. La locomotive du Club des Cinq

15. Enlèvement au Club des Cinq

16. Le Club des Cinq et la maison hantée

17. Le Club des Cinq et les papillons

18. Le Club des Cinq et le coffre aux merveilles

19. La boussole du Club des Cinq

20. Le Club des Cinq et le secret du vieux puits

21. Le Club des Cinq en embuscade

22. Les Cinq sont les plus forts

23. Les Cinq au cap des Tempêtes

24. Les Cinq mènent l'enquête

25. Les Cinq à la télévision

26. Les Cinq et les pirates du ciel

27. Les Cinq contre le Masque Noir

28. Les Cinq et le Galion d'or

29. Les Cinq et la statue inca

30. Les Cinq se mettent en quatre

31. Les Cinq et la fortune des Saint-Maur

32. Les Cinq et le rayon Z

33. Les Cinq vendent la peau de l'ours

34. Les Cinq et le portrait volé

35. Les Cinq et le rubis d'Akbar

36. Les Cinq et le résor de Roquépine

Découvre vite les autres séries classiques de la Bibliothèque Rose !

Les Six Compagnons

Les Six Compagnons de la Croix-Rousse

Alerte au sabotage !

Les Six Compagnons et l'étrange trafic

Découvre les autres Classiques de la Bibliothèque Rose !

Fantômette

Les exploits de Fantômette

Fantômette et
le trésor du pharaon

Fantômette
et l'île de la sorcière

Fantômette et son prince

Les sept Fantômettes

Fantômette
et la maison hantée

Fantômette contre le géant

*Fantômette
et le Masque d'Argent*

Fantastique Fantômette

*Fantômette
et le Dragon d'or*

*Hors-série
Les secrets de Fantômette*

Le Clan des Sept

Le Clan des Sept va au cirque

Le Clan des Sept à la Grange-aux-Loups

Le Clan des Sept et les bonshommes de neige

Le Clan des Sept et le mystère de la caverne

Le Clan des Sept à la rescousse

Malory School

La rentrée

La tempête

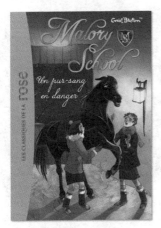

Un pur-sang en danger

La fête secrète

L'Étalon Noir

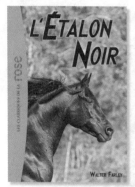

1. L'Étalon Noir

2. Le retour de l'Étalon Noir

3. Le ranch
de l'Étalon Noir

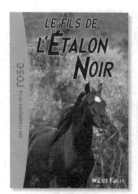

4. Le fils de
l'Étalon Noir

5. L'empreinte
de l'Étalon Noir

6. La révolte
de l'Étalon Noir

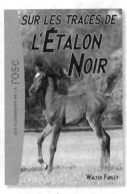

7. Sur les traces
de l'Étalon Noir

8. Le prestige de
l'Étalon Noir

9. Le secret de
l'Étalon Noir

10. Flamme,
cheval sauvage

11. Flamme
et les pur-sang

12. Flamme
part en flèche

Alice

Alice et le chandelier

Alice et les faux-monnayeurs

Alice et les diamants

Alice et le diadème

Alice au ranch

Alice et la pantoufle d'hermine

Alice au bal masqué

Alice et le violon tzigane

Alice et le carnet vert

Alice et le médaillon d'or

Alice chercheuse d'or

Alice écuyère

Alice à Venise

Alice et le cheval volé

Alice au manoir hanté

Alice chez le grand couturier

Comtesse de Ségur

La trilogie de Fleurville

1. *Les Malheurs de Sophie*

2. *Les Petites Filles Modèles*

3. *Les Vacances*

Le Général Dourakine

Après la pluie le beau temps

Mémoires d'un âne

Quel Amour d'Enfant !

François le bossu

Un bon Petit Diable

Les bons enfants

Les Deux Nigauds

Jean qui grogne et Jean qui rit

Nouveaux Contes de Fées

Le mauvais génie

L'auberge de l'Ange-Gardien

Table

PAPIER À BASE DE FIBRES CERTIFIÉES

⊞ hachette s'engage pour l'environnement en réduisant l'empreinte carbone de ses livres. Celle de cet exemplaire est de : 500 g éq. CO_2 Rendez-vous sur www.hachette-durable.fr

Photogravure Nord Compo - Villeneuve d'Ascq

Imprimé en Roumanie par G. Canale & C. S.A.
Dépôt légal : mars 2014
Achevé d'imprimer : mars 2014
20.4489.9/01 – ISBN 978-2-01-204489-0
Loi n° 49956 du 16 juillet 1949
sur les publications destinées à la jeunesse